KB095103

일단 한잔,

안주는 이걸로 하시죠

『고독한 미식가』 원작자의 제멋대로 반주 가이드

일단 한잔, 안주는 이걸로 하시죠

구스미 마사유키 지음 | 박정임 옮김

차례

1부 고독하게 먹고 마시기

2부 오늘 밤도 혼자, 술집에서

3부 마무리는 이걸로!

일러두기

- 본문에 등장하는 외래어는 '외래어 표기법'을 따르되, 이미 굳어진 단어는 절충하여 일상적 표기를 따랐습니다.
- 이 책의 모든 주는 옮긴이와 편집부가 달았습니다.

1부 ◦ 고독하게 먹고 마시기

"어떤 순서로 내 배에 넣을까.

어떤 균형으로 술과 대치시킬까.

무엇을 먹든 자유지만,

무엇을 어떻게 먹을까 궁리하는 것이

나 홀로 반주의 진면목이다."

하나.

볶음밥에 소주 온더록스

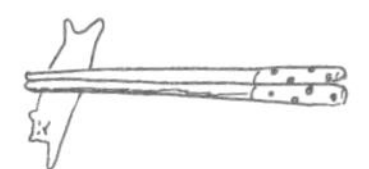

술을 마시기 전에 가볍게 무언가를 먹어두는 편이 몸에 좋다고 한다. 하지만 무언가를 먹고 술을 마시면 빈속에 마셨을 때 짜릿한 그 첫 모금의 맛이 흐려진다. 술꾼의 탐욕 중 하나다. 술을 조금이라도 더 맛있게 마시고 싶다보니, '건강을 위해' 어쩌고 하는 말이 아무래도 잔소리 같고 밉살스럽게 들린다. 시끄러워! 하는 생각이 먼저 든다. 하지만 맞는 말이란 건 알고 있다. 나도 성인이다. 굳이 잔소리하지 않아도, 음식飮食의 의미 그대로 제대로 먹고 마시고자 하는 것이 이 책의 취지다.

최근에 발견한 것이 소주*와 볶음밥. 이 조합이 꽤 좋다. 의외의 맹점이었다. 소주는 보리소주든 고구마소주든 쌀소주든 다 좋다. 단, 방식은 온더록스로. 볶음밥을 먹으면서 술을 마시면 자연스럽게 음주 속도가 느려져 위장에 부담이 없다. 당연히 취기도 천천히 올라온다. 볶음밥의 가벼운 유분과 달걀과 파가, 맛이 응축된 차가운 소주에 어울린다. 이 조합을 머릿속에 그려보자. 닭꼬치나 생선구이보다 소주 온더록스에 바싹 다가오는 맛이지 않은가? 뜨거운 볶음밥.

그러면 볶음밥과 다른 술을 조합했을 때를 생각해보자. 맥주? 그건 동네 중화식당에서 볶음밥을 먹을 때 "일단 맥주 한 병" 같은, 어딘가 겉치레 같고 습관적인 느낌이다. 맛에 대해 깊게 생각하지 않은 거다. 바닷가 같은 야외에서 남자들끼리 시끌벅적하게 시이나 마코토** 스타일로 마실 때는 맥주와 볶음밥이 어울린다. 하지만 혼자서 조용히 맥주를 마시고 볶음밥을 먹는다, 그걸 반복하면 어떨까. 밥과 탄산. 밥, 탄산, 밥, 탄산. 배부르지 않을까. 처음에는 괜찮아도 이내 허전해지지 않을까? 니혼슈와 볶

---

* 쌀과 보리, 고구마, 메밀 등의 곡물을 원료로 한 증류주. 알코올 농도는 45도 미만이다.

** 소설가이자 영화감독. 하루도 거르지 않고 매일 맥주를 마시는 맥주 애호가로 유명하다.

음밥. 뭔가 니혼슈를 기름으로 더럽히는 느낌이 들지 않는가. 사오싱주*와 볶음밥. 사오싱주의 당분 때문에 입 안이 끈끈해지는 느낌이 들지 않는가. 위스키와 먹기에는 볶음밥의 맛이 약하다. 와인과 볶음밥. 트렌치코트에 비치샌들 느낌이 아닐까? 추하이**에 볶음밥은 뭔가 조금 썰렁하다. 풍성함이 없다. 홋피***와 볶음밥. 불성실. 경박함. 너무 생각이 없다. 이렇게 나열해보니 생각할수록 소주 온더록스와 볶음밥은 실로 딱 맞는다. 더구나 볶음밥은 술을 마시며 먹으면 식어도 안주가 된다.

그런데 좋은 소주를 파는 술집 중에는 이 궁합을 모르는 곳이 많다보니(모르는 곳이라니, 또 잘난 척. 나란 인간은 하여간), 외식으로 볶음밥과 소주 온더록스를 즐기기 쉽지 않다. 맛있는 소주와 몽글몽글한 볶음밥을 먹을 수 있는 식당이 가끔가다 있기는 하다. 하지만 그런 곳에 가면 손님 대부분이 마무리로 볶음밥을 주문한다. 종업원에게 들었는데 술집에서 맛있는 볶음밥을 내는 식당의 종업원은 프라이팬을 너무 많이 돌리다가 반드시 한 번은

---

* 중국의 황주 중 역사가 가장 오래된 술로, 사오싱 지방의 찹쌀을 발효시켜 만든다.

** 증류주에 과즙 등의 음료를 섞어 만든 저알코올 음료.

*** 맥아로 만든 탄산음료의 상표명으로, 무알코올 맥주다. 흔히 우리나라의 소맥처럼 소주와 섞어서 마시는데, 이 역시 홋피라고 부른다.

건초염에 걸린다고 한다. 그래서 볶음밥과 소주는 싸고 건강하게 집에서 즐기고 싶다.

볶음밥은 직접 만든다. 간단하다. 고기 따위 없어도 된다. 기름을 달구고 달걀을 깨서 열심히 휘저은 후 밥을 넣고 다진 파를 넣고 소금과 후추, 간장 조금, 그리고 향미를 위해 참기름 살짝. 볶기만 하면 끝이다. 어떤 볶음밥이라도 상관없지 않은가, 혼자니까. 대파가 들어가고, 간장이 살짝 타면 그걸로 충분히 맛있다. 완성되면 볶음밥을 접시에 담고, 그리고 유리잔에 얼음을 넣어 소주를 따른다. 이렇게 하면 안주 만드는 시간을 기다릴 필요가 없어서 '일단 맥주 한잔'이 끼어들 여지가 없다. 맥줏값도 굳는다. 불필요한 푸린염기,* 없음. 볶음밥을 만드는 동안 목이 마르면 물을 한 잔 마시면 좋다.

그럼, 잘 먹겠습니다. 갓 만든 따끈따끈한 볶음밥을 카레스푼으로 한 입. 굳이 불편한 사기숟가락으로 먹을 필요는 없다. 살짝 태운 파 맛에 군침이 돈다. 달걀은 항상 상냥하고. 그러면 이제 소주 온더록스를 한 모금 홀짝. 이 맛이야! 먼저 먹은 볶음밥으로 구강 내에 얇은 기름막이 형성되었는지, 소주의 촉감이 부

---

* 요산이 분해되기 전 물질로, 통풍을 유발한다고 알려져 있다.

드럽다. 마음에 여유가 생겨 천천히 음미할 수 있다. 뜨거운 볶음밥을 허겁지겁 입에 넣고 차가운 온더록스를 흘려보내면 입속이 기분 좋다. 여름에는. 아니, 겨울에도. 에잇, 가을도 봄도.

볶음밥은 낫토 볶음밥, 갓볶음밥, 돼지고기볶음밥, 명란젓볶음밥, 장난감 같은 나루토마키* 볶음밥, 우스터소스를 뿌린 오사카식 볶음밥 등 다양한 변주가 가능해서 고구마소주, 보리소주, 흑설탕소주 등 다양한 소주와 조합하면 무한대의 다양함을 즐길 수 있다. 오늘 저녁은 꼭 일맥(일단 맥주)을 건너뛰고 볶음밥에 소주 온더록스를 즐겨보길 바란다!

---

* 어묵의 일종으로 단면의 소용돌이 모양이 특징이다.

둘.

가다랑어에 니혼슈

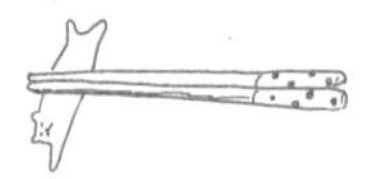

최근에는 가다랑어 하면 다타키*로 먹는 게 일반적인 듯하다. 하지만 나는 그대로 회로 먹는 편이 깔끔해서 좋다. 다타키의 탄 부분이 요즘은 조금 거슬린다. 그리고 회에는 역시 사케, 니혼슈가 맛있다. 맛있을 '지旨'가 떠오르는 맛이다. 가다랑어회는 밥반찬으로도 맛있다. 이쪽은 '미미美味'의 느낌이 어울린다.

---

* 가다랑어를 두툼하게 잘라서 겉만 구워 차게 먹는 방식.

내가 가다랑어를 안주로 먹는 방법을 잠깐 소개하겠다. 고치 지방에서는 가다랑어회가 두툼할수록 맛있다고 하는 모양인데, 나는 조금 얇게 썬 걸 좋아한다. 스테이크처럼 두툼한 가다랑어는 입 안에서 오물거리는 느낌이 들어 마음에 들지 않는다. 먹는 모습이 멍청해 보인다. 핵심은 고명을 듬뿍 올리는 것.

먼저 대파를 잘게 다져서 듬뿍 올린다. 간사이 사람들은 싫어할지도. 죄송. 하지만 대파는 통으로 써는 것보다 잘게 다져야 맛있다. 그리고 양하.* 아직은 더운 날씨. 여름의 맛에 빼놓을 수 없다. 이것도 잘게 다져서 듬뿍 올린다. 거기에 차조기. 큰 잎 한 장을 채 썰어 뿌린다. 한국 요리에 사용하는 깻잎도 좋을 것 같다. 그리고 절대로 빼놓을 수 없는 게 편을 썬 마늘장아찌. 생마늘은 조금 맵고, 간 마늘은 느낌이 나지 않는다. 간장에 절여 속까지 갈색으로 변한 마늘장아찌가 좋다. 최근에는 완제품도 판다. 그걸 편으로 썰어서 조금 과하다 싶을 정도로 넉넉하게. 이 고명들을 전부 가다랑어회에 뿌리면 가다랑어가 보이지 않을 정도다. 그래야 내가 원하는 맛이 난다. 그리고 간장 종지에 레몬즙을 짜 넣는다. 시판 중인 레몬즙도 괜찮을 듯. 자, 준비는 끝났다.

---

* 생강과의 여러해살이 식물로 독특한 향과 맛이 난다.

일단 한잔,
안주는 이걸로 하시죠

둘.
가다랑어에 니혼슈

사케는 조금 비싼 걸로 준비하자. 시메하리쓰루의 준마이긴쬬 720*ml* 병을 살짝 차갑게 해두면 좋을 것이다. 솔직히 말해 알고 있는 사케 이름이 이 정도뿐이다! 밥도 갓 지은 것이 좋다. 하지만 오곡이니 잡곡이니 하는 것은 절대 금지. 영양이니 건강이니 하는 소리로 회를 맛없게 만들지 말자. 술잔은 평범한 유리컵이 좋다. 평상시에 사용하는 맥주잔처럼 아무 특징도 없는 투명한 컵. 너무 큰 컵이나 신혼집에나 어울릴 만한, 무늬가 잔뜩 들어간 작은 컵이 아닌 지극히 평범한 컵이 이 가다랑어 요리에 왠지 어울린다.

이제 컵에 사케를 찰랑찰랑 붓는다. 컵 표면이 부옇게 흐려진다. 곧바로 입을 컵으로 가져가서 꿀꺽 마신다. 상을 차린 후의 이 한 모금은 두려울 정도로 맛있다. 이때도 '일단 맥주'는 하지 않는 게 좋다. 그래야 사케의 맛과 향기를 잘 느낄 수 있다. 목을 통과한 사케가 위장으로 들어가는 순간까지 맛있다. 이것이 혼술 첫 잔의 행복이다. 다른 사람과 있으면 '건배~'를 외치며 대충 잔을 부딪쳐야 하고 정신이 산만해져서 사실은 맛에 집중하지 못한다. '캬아, 좋다!'는 말 같은 건, 사실 제대로 맛도 보기 전에 떠들지 않나? 안 그런가?

그리고 대파와 양하와 차조기와 마늘로 뒤덮인 가다랑어를 젓가락으로 한 점 집어 들고 레몬 간장에 찍어 입에 넣는다. 부드럽고 차분하면서도 가다랑어 특유의 쫄깃하고 몽글하게 들어오는 식감이 좋다. 고명의 다양한 향기가 하나가 되어 가다랑어에 섞이는 맛이 투박하면서도 청량한, 변화구 같은 직구, 싸우는 듯 단결하고 있는, 참을 수 없는 맛이다.

다 삼킨 후 '후우' 하고 한숨 내쉬고, 다시 사케를 한 모금 꿀꺽. 혀에 남은 마늘과 간장 맛을 사케로 씻어내듯 마시는데, 사케가 그 혀에 달라붙어 또 감동적인 맛을 만들어낸다. 술꾼이어서 다행이라는 생각이 절로 드는 순간이다.

한 컵의 사케를 비우면, 더 마시고 싶은 마음을 꾹 참고 분위기를 바꿔서 뜨거운 녹차를 끓인다. 그리고 흰밥을 밥공기에 가볍게 담는다. 이 밥 위에 고명과 함께 가다랑어를 올려서 먹으면 이 또한 감동이다! 술꾼인 것도 다행이지만, 그 전에 일본인이어서 다행이다. 사케에 어울리는 안주는 밥에도 어울린다. 그 사실을 절감하고 혼자 고개를 끄덕이며, 일본 고유의 즐거움을 마음으로 음미한다. 야마토, 시키시마, 히이즈루쿠니*의 술 취한 수문장. 그리고 녹차를 마신다. 차가운 사케가 들어간 위장에 뜨거운

---

* 세 단어 모두 일본의 다른 이름이다.

녹차가 스며드나니. 눈을 감으면 거의 깨달음의 경지에 이른다고 하면, 허풍일까. 허풍이네, 술 취했네, 바보네. 뭐 어떻습니까, 혼자인데.

이렇게 사케 한 잔, 밥 한 공기, 차 한 잔을 먹고 나면 살짝 취기가 돌면서도 왠지 기분도 위장도 차분해진다. 집에서 빈둥빈둥 술로 보내는 헛된 시간 없이 끝낸다. 어른이니까. 훌륭하네. 건강에도 좋고. 항상 이렇게 끝내면 좋을 텐데.

이렇게 가다랑어를 먹는 방법은 기치조지의 노포 술집 '야미타로闇太郎'에서 배웠다. 거드름 피우지 않는 나가노현 기소의 명주 '스기노모리'에도 실로 어울린다. …쓰고 보니 무슨 술집 탐방 기사 같군.

셋.

돈가스에 맥주

돈가스를 좋아하지만 대표적인 고열량 음식이라는 이미지 때문에 꺼리는 성인이 많을 것이다. 더구나 거기에 맥주까지 마신다면 대사증후군을 향해 직행하는 길, 홀로 비만 가도로 훌쩍 떠나는 여행, 또는 배불뚝이 아저씨가 되는 지름길로 여겨 두려워하는 사람도 많을 것이다. 걱정할 필요 없다. 그 문제는 생각과 먹는 방식으로 해결할 수 있다.

먼저 돈가스 정식을 '코스 요리'라고 생각한다. 돈가스 정식을 프랑스 요리의 풀코스라고 생각하는 것이다. 육류 요리에 전채

(야채절임)도, 샐러드(양배추)도, 수프(미소시루)도, 푸짐한 채소 요리(밥)도 곁들여 나온다. 서양인 중에는 쌀을 '채소'로 받아들이는 사람이 있다고 한다. 일본인에게는 황당한 얘기겠지만, 억지로 서양인 입장이 되어보면 고기가 메인인 제법 건강한 코스 요리 같다. 차례로 나오는 게 아니라 한꺼번에 나오기는 하지만, 그 부분은 자신의 식사법으로 이끌어가면 된다.

이왕 코스 요리를 주문할 거면 값은 비싸도 열량은 낮으니까 그걸로 퉁친다고 생각하고, 히레가스 정식을 주문하자. 기분의 문제니까. 히레*는 마음속으로 '필레'라고 발음하면 한층 고급스럽게 느껴진다. '라 퀴진 필레 커틀릿'이다(조금 엉터리).

식당에 들어가면 곧바로 주문하지 않는다. 먼저 메뉴판을 받아서 유심히 보면서 "흐음, 흐음" 하며 생각하는 척을 한다. 스스로를 애태운다. 이미 결정했으면서도. 무심한 듯 눈짓으로 종업원을 불러 주문. 다가온 사람은 앞치마를 두른 아줌마지만. 손을 들어 흔들기까지 하면서 "여기요, 맥주랑 히레가스 정식이요"라며 큰 소리로 말하지 않는다. 종업원이 차를 가져오면, "이 집 맥주는 어디 건가?" 하고 브랜드를 물어보면 더욱 와인 느낌이 난

* 돼지의 등심살.

다(마음속으로 '부르고뉴의 화이트와인으로, 야생마가 건초 위에 책상다리를 하고 앉아 있는 듯한 맛이 나는?' 등의 혼잣말을 한다). 반드시 생맥주가 아닌 병맥주를 주문한다. 왜냐하면 맥주이면서 동시에 스파클링와인이라고 생각하고 싶기 때문이다. 믿음이 중요하다. 믿음이 당신의 인생을 풍요롭게 해준다. 그리고 정식을 주문할 때 밥은 미니 사이즈로 한다. 이 부분이 중요.

맥주가 오면 첫 잔은 보이는 그대로 시원하게 비우자. 맥주의 첫 잔은 언제든지 맛있다. 솔직한 마음으로, 거짓 없이 맥주를 음미한다. 그리고 한숨 돌리고, 냉정해지기 위해 녹차를 마신다. 이는 셰리 같은 식전주라고 생각하자. 엉터리도 이런 엉터리가 없군. 여하튼 이제부터 맥주병은 스파클링와인병이 된다.

정식이 나오면, 일본식 래디시인 옐로 피클(즉 단무지)을 한 조각 먹는다. 그리고 핫 베지터블 수프(미소시루)를 뜨거울 때 한 입 음미한다(후루룩 소리는 내지 말자. 한 입만 먹고 놔둔다). 그리고 먼저 돈가스 한 조각에 소금을 뿌려 엘레강스하게 먹는다. 실제로 갓 튀긴 돈가스에 소금을 뿌리면 튀김옷이 더 고소해져 고기 맛이 잘 느껴진다. 여기서 와인 한 모금. 맛있다! 당연히 맛있다. 엄청나게 맛있다. 그리고 소스를 뿌린 양배추를 우적우적 먹는다. 양배추는 처음부터 추가할 생각으로 아끼지 않고 열심히 먹는다.

FRANCE
La Cuisine
음 음
...
MENU
BEER

다음 돈가스 한 조각은 간장에 찍어 먹는다. 이게 또 의외로 맛있다. 간장만능설을 충분히 입증할 만한, 옛 일본인의 지혜에 대해 생각한다. 혀로 역사를 음미하는 지적 만족감도 얻을 수 있다. 그다음 한 조각은 이제 소스와 먹는다. 소금, 간장, 소스의 순서로 조미료를 서서히 농후하게 가져가는 부분도 프랑스 요리 같은 느낌이 들지 않는가, 무슈(여러분). 기분 탓입니다.

이런 식으로 밥에는 손을 대지 않고 와인과 샐러드와 고기 요리를 즐긴다. 고기는 두 조각 정도 남기면 좋다. 양배추를 추가한다. 추가하는 건 부끄러운 일이 아니다. 여기까지 맥주 한 병을 천천히 비운다. 그리고 남긴 두 조각을 채소절임과 미소시루와 흰밥에다 먹는다.

히레가스 두 조각은 사실 먹기 시작할 때 소스를 듬뿍 뿌려 재워두었다. 두말할 필요 없이 커틀릿'절임'이다. 간장도 괜찮다. 재패니즈 옐로 핫 스파이스인 겨자(엉터리 프랑스어조차 나오지 않는다)를 찍어 변화와 자극을 주면 식욕이 쇄신되어 밥도 더욱 맛있어진다. 천천히 먹기 때문에 적은 밥에도 충분히 배가 부르다. 열량이 높다고 해봐야 등심살이고, 맥주는 한 병이고, 밥도 미니사이즈. 프랑스 요리 풀코스와 비교하면 훌륭한 다이어트 코스가 아닐까.

식후주로 '아일레이섬*의 스카치 같은 거 있습니까?' 하고 마음속으로 묻고, '공교롭게도 마침 떨어졌네요' 하고 마음속으로 아줌마의 대답을 듣고, '아쉽군요. 계산 부탁합니다' 하고 자리에서 일어나면 완벽하다.

---

* 스코틀랜드의 섬으로 위스키 산지로 유명하다.

넷.

스모 대회에 닭꼬치와 맥주

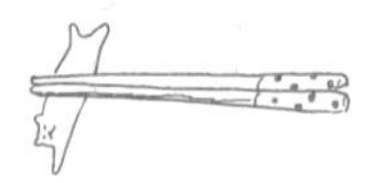

아무리 인기가 떨어졌다고 해도 국기관에 직접 가서 보는 스모 대회는 여전히 즐겁다. 말은 '스포츠'라고 하면서 서로 싸우는 외국 운동과 스모 대회는 전혀 다르다. 대회장의 분위기가 운동장이나 체육관과는 전혀 딴판이다. 스모 대회는 신에게 올리는 제사이자 축제이며, 정월이나 선달그믐의 분위기에 가까운 일본 전통문화 행사다. 최근에는 상위권 선수가 전부 외국인뿐이지만.

또한 나쁘게 말하면 스모 대회장은 술 취한 수많은 일본인의 너저분한 연회 공간이기도 하다. 그 분위기는 텔레비전으로 봐서는 절대 알 수 없다. 5시 반 무렵에 맨정신으로 가보면 안다. 그렇게도 넓은 대회장이 술기운을 띤 공기로 가득 차 있다. 술 냄새. 실내에서 꽃놀이를 하는 느낌. 통로는 온통 갈지자로 비틀거리는 아저씨들. 요코즈나*가 나왔는데도 화장실에 갔다가 승부가 끝난 다음에 와서야 "다음은 누구야?" 따위의 엉뚱한 소리를 한다. 술주정뱅이 천국. 부끄러운 일본의 나.

그 술주정뱅이들 한가운데에는 요즘 세상에 에도 시대 상투를 틀고 허벅지가 깊게 파인 훈도시 한 장을 알몸에 걸친 채 엉덩이를 드러내고 있는 뚱보 두 사람과, 재주 부리는 원숭이와 조련사 중 원숭이 쪽이 아닐까 착각하게 하는 복장의 교지.** 그리고 존재의 필요성에 의문을 품게 만드는, 도중에 나와서 길게 괴성을 지르는 요비다시.*** 교지가 이미 선수의 예명을 부르지 않았나. 왜 또 부르는 건데. 그리고 그래도 괜찮나. 호벨손 군. 스모 예명 '바루토' 세키.**** 머나먼 에스토니아에서 와서 훈도시의 막대기 모양 끈을 팔랑팔랑 흔들고 있을 땐가? 괜찮다. 그곳이 축

---

*　프로 스모 선수 중에서 가장 높은 급수.

**　스모 대회의 심판원.

***　스모 선수의 이름을 호명해 출전시키는 사람.

****　스모에서 요코즈나에 버금가는 급수.

제다. 비일상이다. 경사스러운 자리다! 술이다!

스모를 본다면 역시 료코쿠 국기관이다. 왜냐하면 그곳에서만 먹을 수 있는, 국기관 닭꼬치 때문. 이는 국기관 지하에서 대회가 열릴 때만 만드는 독특한 일품. 여기에 맥주를 마시기 위한 목적만으로 스모를 보러 가도 좋다(현재는 JR 도쿄역과 통신판매로도 구매 가능).

한 번 찐 후에 양념을 발라 굽는다. 식어도 맛있도록 궁리한 방법이다. 기요켄의 슈마이와 같은 발상이다. 그 탓인지 맛의 수준이 기요켄의 슈마이*와 정말 비슷하다. '식어도 맛있는' 장르를 구축한 양대 영웅이다. 맥주에 이만큼 어울리는 안주도 없다. 양념이 깔끔하게 녹아들어서 술 취해도 옷에 흘릴 염려가 없다. 600엔에 닭꼬치 세 개와 쓰쿠네** 두 개가 들어 있다. 이 쓰쿠네도 맛있다. 기요켄의 슈마이도 판다(한 상자에 여섯 개).

스모는 오전부터 시작된다. 점심시간 즈음에 식사를 거르고 가면 좋다. 국기관은 아직 텅텅 비어 있다. 캔맥주와 닭꼬치를 사서 일단 캔을 따자. 하지만 기쁜 건 병맥주도 있다는 것. 처음

---

* 중국식 찐만두.

** 닭고기나 생선 살을 동그랗게 빚은 음식.

국기관에 갔을 때, 씨름판에서 가까운 의자 자리 하나하나에 병따개가 달려 있는 걸 보고 깜짝 놀랐다. 이곳에서는 음주가 기본인가? 대단한 사람들이다. 진지하게 경기를 볼 생각이 있는 건가? 그런 점이 좋은 것이다.

관중석은 텅텅 비었어도 씨름판에서는 하위 선수가, 오자마자 술을 마시고 있는 나를 위해(아니라고!), 진지하게 싸워주고 있다. 이게 호사다. 혼자 보러 와도 쓸쓸하지 않다. 텔레비전이 아니라서 해설이 없는 것도, 지루하지는 않을까 생각했지만 의외로 더없는 호사. 무엇보다 난 술을 마시고 있으니까.

마쿠시타* 중에 상승 곡선이라는 뜻의 '미기카타아가리'라는 믿기 힘든 예명의 선수가 있었는데, 그런 발견도 즐겁다. 관내에만 송출되는 FM방송이 있어서 듣는 것도 나쁘지 않다. 텔레비전으로는 볼 수 없는 전직 스모 선수의 장황한 해설과 함께 실황중계를 들을 수 있다.

스모 관전이라는 대의명분을 가진 음주는 혼자서도 느긋하게 천천히 마실 수 있어서 좋다. 닭꼬치 다음은 참을 수 없는 맛이라는 뜻의 '고라타마란'이라는 조금 한심스러운 이름의 삶은 달

---

* 스모의 급수 중 위에서 세 번째.

걀이다. 이걸 안주로 두 번째 캔맥주를 마신다. 이 달걀은 껍데기째 간을 해서 까는 즐거움도 있으면서 소금이 필요 없는, 게으름뱅이를 위한 명품. 두 개가 한 세트. 삶은 달걀과 맥주가 별것 아닌데 또 맛있다. 다음 한 캔은 역시 슈마이로 갈까. 1캔 1안주. 사러 가는 것도 즐겁다.

주의할 것은 3시 정도까지는 리키시* 도시락을 사두어야 한다는 점. 그 시간이 지나면 매진된다. 외국인 선수가 많아진 영향으로 리키시 도시락에 몽골 특유의 어린 양 고기, 불가리아 요구르트 사탕이 들어 있기도 하는 등 국제화되었다. 스모가 외국인 천국이 된 것도 나쁘지 않다. 이왕이면 몽골 술도 판매해주길.

대전을 보면서 아무 생각 없이 먹고 마시는 것이 즐겁다. 대전 태세를 잡는 시간도 길어서, 축구처럼 자리를 꼭 지킬 필요도 없다. 모든 게 대충대충 느낌. 성묘 정도의 느슨함.

요전에는 오제키**가 등장한 시점에서 웬일로 '스모 안미쓰'***를 사서 그걸로 마무리를 해보았다. 술을 마신 후 단것을 먹다니 평상시의 나라면 생각할 수 없지만, 스모의 비일상스러움이 이상

---

* 스모 선수를 의미한다.

** 스모의 급수 중 하나. 요코즈나 아래다.

*** 팥과 흑설탕을 이용해 만든 후식.

하게 안미쓰를 맛있게 해주었다. 결국 리키시 도시락은 먹지 않고 가져왔다. 국기관 닭꼬치는 남녀노소 누구에게나, 언제든 인기다.

더없이 만족스러운 기분으로 국기관을 나오면 이제 6시가 조금 지났을 뿐. 조금 허전하면 료코쿠의 유명한 소바집 '호소카와 ほそ川'에서 소바 한 판과 니혼슈 한 잔도 좋다. 그렇게 해도 평상시의 저녁 식사 시간에는 귀가할 수 있다. 욕조에 몸을 담갔다가 이불 속에서 이케나미 쇼타로*의 시대소설이라도 읽고 일찍 잠들면 좋을 것이다. 일본인이라면, 스모를 관전하며 먹고 마시는 즐거움을 모르고 죽기는 아깝다.

* 일본을 대표하는 역사소설가.

다섯.

오뎅에 컵 사케

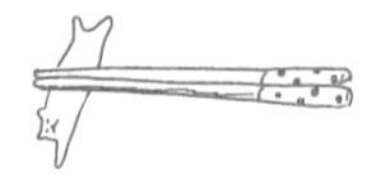

마침내 오뎅*의 계절이다. 사실 요즘은 편의점에서 일 년 내내 팔지만. 그래도 역시 시즌은 가을겨울이다. 여름에는 뜨거운 오뎅이 선뜻 내키지 않는다. 오뎅은 집에서 요리하는 것보다 밖에서 먹는 게 단연코 맛있다. 맛있다기보다는 다르다. 집 오뎅과 식당 오뎅은 다른 음식이다. 오뎅 전문점인 '오타코お多幸' 같은 곳에서는 오뎅을 먹고 난 후 차밥으로 마무리하는 것이 정식 코

---

* 간장으로 기본 간을 한 국물에 어묵과 곤약이나 무, 삶은 달걀 등을 넣고 끓인 음식.

스라고 한다. 하지만 모처럼 먹는 오뎅인 만큼 밥 같은 탄수화물은 생략하고 사케와 오뎅만으로 저녁을 먹는 게 좋지 않을까. 종류도 이렇게 다양하고. 혼자 먹고 마셔도 외롭지 않고 조금 즐겁기까지 하다는 게 오뎅의 좋은 점.

다른 사람과 함께 먹고 마시다보면 아까운 오뎅이 식어버린다. 남녀가 와서는 이야기에만 정신이 팔려 접시의 오뎅이 식게 놔두는 걸 보는 게 정말 싫다. 오뎅에게 실례다. 아니, 식당 주인에게 실례라는 게 맞을 것이다. 그럴 거면 빨리 집에나 가라고. 식어버린 오뎅의 모습은 박복한 느낌이 든다. 궁핍해 보인다. 불쌍하게 보인다. 어떻게든 해주고 싶지만 손 쓸 방법이 없다.

오뎅은 전반적으로 색깔이 칙칙하다. 옅은 갈색의 느낌. 조금 지저분한 느낌. 오래 신은 운동화 같다. 운동장 구석 창고에 쌓여 있는 낡은 매트 같다. 하지만 달걀이든 뭐든 갈색을 띠어야 맛있다. 색이 칙칙해질수록 맛이 깊게 스며들어 오뎅다운 맛이 난다. 궁핍해 보일수록 좋다. 그래서 더더욱 오뎅은 비단처럼 수증기를 두르고 있어야 한다. 모락모락 피어오르는 김은 칙칙함을 감추는 귀부인의 베일이다. 그러니 항상 따끈따끈할 때 먹어줘야 한다. 그래서 한 번에 서너 개씩 덜어먹는 시스템이 된 것이다. 그것을 식게 두다니, 말도 안 되는 바보짓이다. 만행이고

금수나 할 짓이다.

그렇다면 음료는 어떻게 할까. 데우지 않은 사케가 좋다. 그것도 상온의 잔사케. 한 발 더 나아가서, 원컵 사케가 '혼자 오뎅에 한잔하는' 상황에 가장 어울린다. 마른오징어에는 살짝 데운 사케가 딱 맞는다. 하지만 오뎅에는 상온의 원컵 사케가 제격이다. 차가운 '우라카스미 젠'보다, 상온의 원컵 '오제키'가 강하게 와 닿는다. 그 투박하고 두꺼운 유리병 테두리가 입에 닿는 느낌 탓일까. 용기 자체가 컵이기도 한, 게으름뱅이 독신자 같은 느낌 탓일까. '딸칵' 하는, 알루미늄 뚜껑을 땄을 때의 어딘가 쓸쓸한 소리 탓일까. 여하튼 그 느낌들이 '오뎅'으로 일관하는 밤에 어울리는 기분이 든다. 암, 그런 게 좋지, 오뎅은 그래야 제맛이지. 말투가 갑자기 땀 냄새 풍기는 남정네나 육체 노동자 같아진다. 주절주절 떠들지 말고 어서 드시지.

먼저 '무' '한펜'* '간모도키'**에 '문어'가 어떨까. 이 네 품목으로 제1진을 구성한다. 무는 오뎅 국물을 가장 많이 흡수하고 있다. 말하자면 그 식당의 오뎅 맛을 판가름하는 시금석이다. 무가

---

* 다진 생선 살에 마 등을 갈아 넣어 만든 음식.

** 으깬 두부에 당근과 우엉 등의 채소를 섞어서 튀긴 음식.

간모도키
무
문어
달걀
지쿠와
고보텐
실곤약
그럼
다들 열심히
뛰어주시기
바랍니다—!
ONE
CUP
SAKE

맛있으면 '성공!'이라고 생각한다. 한펜은 사실 가정용과 업소용이 가장 다른 오뎅 재료다. 집에서는 일단 빨리 만들어서 먹어야 하므로 끓이는 시간이 짧은데, 빨리 익힌 탓에 그만큼 빨리 물러진다. 업소용은 맛이 배는 데에 시간이 걸리지만 완성된 상태에서는 비교적 오래간다. 그래서 식당에서 한펜을 주문할 때는 맛이 충분히 밸 때까지 잘 지켜보다가 주문한다. 간모도키는 색이 짙고 오뎅다워서 오뎅쇼의 막을 여는 품목 중에서 단연 돋보인다. 오뎅을 접시에 담을 때는 희끄무레한 것들만 모이지 않도록 색감도 염두에 두어야한다. 희끄무레한 오뎅은 빨아도 깨끗해지지 않는 낡은 와이셔츠 같아서 뭔가 출세하지 못한 느낌이다. 여기에 간모도키로 색채적인 따뜻함과 오돌토돌한 텍스처를 준다. 오뎅 재료 중에서 제일 품행이 좋은 느낌. 시골에서 올라와 고생고생 했지만 씩씩한 사람 같은. 그리고 호화로운 문어 한 점. 나머지 세 개와는 다른 묵직한 식감이 있다. 유일하게 먹는 사람에게 저항한다. 반항한다. 비싸기도 하고. 문어는 오뎅 냄비 안에서 홀로 거드름을 피우는 느낌. '난 너희와 달라'라고. 그때 '문어 따위가 뭘 떠들어대!' 하고 덥석 베어 문다. 거드름 피우는 것에 비해 의외로 맛이 배어 있다. 문어 녀석, 사실은 주위에 마음을 쓰고 있었군.

한 접시에 원컵 사케 절반 정도의 페이스. 홀짝홀짝 마시는 게 가장 어울린다. 쩨쩨하게 마시는 게 딱 맞다. 원컵 사케는 벌컥벌컥 마시면 홧술 느낌이 난다. 홀짝홀짝 마시자.

제2진으로 '곤약, 달걀, 다시마, 지쿠와부'*는 어떨까. 처음에 달걀을 주문하지 않은 건 가장 좋아하기 때문. 아깝다. 달리 누가 있는 것도 아닌데 자신에게도 아깝다. 달걀 같은 걸 아까워하는 자신이 갸륵하다. 그리고 그런 수수한 자신에 취해서 사케를 추가. 좋은 페이스다.

제3진은 '실곤약, 소힘줄, 고보텐, 지쿠와.'** 지쿠와부를 지쿠와보다 먼저 먹는 부분이 두뇌 플레이. 지쿠와부는 간토 특산물. 도쿄인의 기상이다. 마지막은 겨자 푼 국물을 마시며 다시 한 잔.

무엇을 먹든 자유지만, 이렇게 무엇을 어떻게 먹을까 궁리하면서 자기도취 상태로 배를 채워가는 것이 홀로 오뎅의 진면목. 오뎅 세 접시 사케 세 잔으로, 충분한 한 끼 충분한 취기. 다른 사람들은 과연 어떤 식으로 오뎅을 배치할지 궁금하다.

---

* 반죽한 밀가루를 막대기에 말아 쪄서 말린 음식.

** 다진 생선 살을 대나무 같은 막대기에 말아서 구운 음식.

여섯.

물두부에 준마이슈*

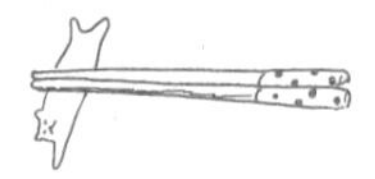

마침내 쓰지 않으면 안 될 때가 왔다. 물두부다. 두부에는 한자를 쓰고 싶지 않다. '豆腐'라고 쓰면 썩은 콩으로 만든 음식 같아서 그 하얗고 신성한 식재에 어울리지 않는다. 물두부를 좋아한다. 그 무엇보다. 나이가 들면 들수록. 매년 여름에 히야시추카** 해금일이 있듯이(없나? 그냥 식당 마음대로 여름 한정 메뉴로 정한 것일

---

* 쌀로만 빚은 청주.

** 차가운 중화면에 각종 채소와 달걀, 햄 등을 올리고 차가운 소스를 뿌려 먹는 음식.

뿐인가), 날씨가 추워지면 '이제 슬슬 물두부야' 하고 알려주는 차가운 바람이 부는 것이다. 아, 쓰고 있는 순간에도 참기 힘들다. 기분이 고양된다. 오늘 밤에는 물두부에 한잔하지 않겠습니까, 여러분. 독자님들.

먼저 맛있는 두부 한 모를 준비하고 그다음은 다시마와 대파와 가쓰오부시와 간장. 끝. 난 이미 준비가 끝났다. 이렇게까지 심플할 수 있다니, 물두부는 정말로 세련된 요리가 아닌가. 배추니 쑥갓이니, 필요 없다. 표고버섯이니 팽이버섯이니, 전혀 필요 없다. 벚꽃 모양으로 자른 당근? 바보냐, 생초짜도 아니고. 애들 도시락에나 넣어주시게. 대구? 당신이나 집에 가져가서 드시죠(당신? 그게 누군데?). 아~ 씰씰해졌군. 화로를 꺼내자. 화로는 무슨. 그런 게 어디 있다고! 그냥 기분이 그렇다고, 기분이.

오뎅 때와는 달리, 좋은 술을 마시고 싶다. 아껴둔 준마이슈를 밖에 내놔서 차게 해둔다. 냉장고가 아니고. 겨울만의 특권이다. 겨울 그 자체로 차게 만든다. 대자연의 체온을 거스르지 않는다. 기분이라니까. 냉장고 같은 건 그 안에 유통기간이 지난 성게알젓이 남아 있기도 하고, 도저히 쓸 수가 없다니까(어느 집 냉장고야?).

냄비는 물두부 전용 냄비가 아니라도, 질냄비가 아니라도 좋다. 평범한 미소시루 냄비면 충분. 단, 소스팬 같은 건 안 된다.

서양 냄비는 두부에게 미안하니까. 사실은 화로를 쓰고 싶지만 요즘 시대에 터무니없는 얘기고, 그냥 휴대용 가스버너나 전자 조리기, 전열기(최근에는 없는 듯) 같은 거면 된다.

냄비에 다시마 한 장을 깔고 물을 붓는다. 잠깐, 이 부분이 가장 사치를 부리는 대목이다. 우물물을 길러 쓰고 싶다는 터무니없는 얘기는 일단 집어치우자. 내가 쓰는 물은 다름 아닌, 바로 그 유명한 미네랄워터! 미네랄워터를 쿨렁쿨렁 들이붓는, 나는 야 명문가! 합스부르크 왕가? 놀랐는가, 서민들이여(나, 병원 안 가도 될까?)!

술, 쌀, 밥, 미소시루, 녹차, 이 맛있는 것들은 전부 물이 만든다. 두부도 매한가지. 물이 안 좋으면 맛있는 두부는 만들지 못한다. 그렇다면 물두부에도 좋은 물을 써야하지 않겠는가, 호기롭게. 그렇지 않은가! …잠깐, 큰소리는 쳤는데, 미네랄워터도 종류에 따라 다르지 않을까 하는 생각에 지금 살짝 자신감 상실. 에비앙 물두부는 조금 아릿한 느낌이고. 크리스탈 카이저 물두부도 미국식의 조잡한 느낌. 여기에는 그냥 일본 수돗물로 갑시다, 여러분. 죄송. 잘못했습니다. 반성.

다음은 한 입 크기로 자른 두부를 조심스럽게 넣는다. 물이 튀지 않게, 서두르지 말고. 그리고 불을 켠다. 스위치를 켠다. 신성

한 시간. 끓기 전에 파를 잘라두자. 통통통. 가쓰오부시 덩어리를 대패에 밀자, 힘을 실어 쓰윽쓰윽. 오늘 정도는 팩에 든 가쓰오부시는 쓰지 말자고(이 말투는 뭐냐고). 오뎅 접시 같은 그릇에 간장과 저민 가쓰오부시와 다진 파를 넣고 간장을 뿌린다. 폰즈니 미림이니 시건방 떨지 말고 그냥 두부와 간장. 대두 대對 대두의 싱글매치, 정면 승부로 가자(승부라니). 이제 준비는 끝났다.

자자, 냄비 앞에 앉아, 앉아(혼자지만). 끓는 동안에 먼저 찻잔에, 앗, 그렇게 고급 세트일 필요는 없고 조금 쓸 만한 찻잔이나 집에서 가장 괜찮은 놈으로. 좋았어, 로산진* 도기를 꺼내도록 하지(그런 거 없잖아!). 좋아, 술을 따라. 응(뭐가 응이야. 혼자 대답하지 마). 물두부를 미리 축하하는 술. 집에서 하는 준공식이다(아니라고 생각한다), 한잔하자. 이 맛이 또 끝내준다. 목을 스르륵 통과해서… 어디선가 사라졌다. 놀랍군, 좋은 술은 마시면 사라지는 거군. 오? 신기하네. 나중에 좋은 향기가 코로 화악 올라왔어. 헤헤헷, 재밌다. 술 하면 니혼슈다. 색깔이 들어간 술이나 증류주는 치워, 치우라고!

엣? 물두부를 어떤 식으로 먹느냐고? 물론 멋대로 먹는 거지.

---

* 도예가이자 미식가인 기타오지 로산진.

어떻게 먹어도 맛있으니. 물두부와 사케, 겨울에 이 정도로 어울리는 건 없다니까. 이러쿵저러쿵하지 말고, 덥석 먹고 스르륵 삼킨다. 맛있다. 어느새 기분이 좋아진다. 이제 원고 매수도 채운 듯하니, 이쯤에서 오늘은 실례하겠다(어디로 가려고?).

일곱.

조야나베*에 와인

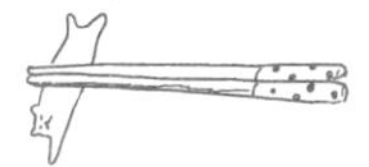

예전 우리 집에서 겨울이 되면 반드시 먹던 음식이 '조야나베'라는 녀석이다. 어머니는 "매일 밤 먹어도 질리지 않으니까 조야나베라고 하는 거야"라고 말씀하셨지만, '조야常夜' 하면 딱 떠오르는 게 '조야도' 정도다. 이는 밤새도록 끄지 않고 켜두는 등을 말한다. 그런 뜻으로 해석하면 조야나베는 밤새 먹는 찌개가 되어버린다. 이런 선소리라도 안 하면 원고지를 메울 수 없을 정도

---

* 나베는 돼지고기와 채소를 넣고 끓이면서 먹는 요리를 뜻한다. '조야'는 '밤새도록'이라는 의미.

로, 이 요리는 간단하다.

재료는 양배추와 돼지고기뿐. 준비도 초간단. 육수 필요 없음. 레시피 따위 없는 것과 매한가지. 냄비에 물을 붓고 저민 생강 두 조각 정도 넣고 불을 켠다. 물이 끓는 동안에 무를 갈아둔다. 무는 아주 많이 갈아둘 것. 계속 더 먹게 되니까. 1인용으로 커다란 사발 한 그릇 정도를 갈아둔다. 그리고 대파 흰 부분을 잘게 다진다. 대파 역시 한 뿌리를 전부 사용할 태세로. 그런데 이 간 무와 다진 마늘이라는 허여멀건 콤비가 엄청난 활약을 한다. 양념은 아지폰* 하나. 양배추는 큼직큼직 썰고 삼겹살은 기다란 걸 세 번 정도 자른 느낌이랄까. 적당히~ 적당히~(두 번 말하면 정말로 대충대충의 느낌이 든다). 물은 금방 끓어오른다. 차가운 와인을 따볼까. 시식, 아니 테이스팅이라고 하고 한 모금 마셔도 좋다. …맛있다! 와인을 마시기 전에 '일단 맥주'는 하지 않아야 와인 맛이 훨씬 좋다. 게다가 오늘은 덥석덥석 고기를 먹는 날이니 열량 면에서도 맥주는 피하자. 생각하지 않는 것 같지만 생각한답니다, 이래 봬도. 역시 중년. 무적의 원숙미.

자, 물이 끓었습니다. 마침내 때가 됐습니다. 아니, 왜, 어느새

---

* 감귤류의 과즙으로 만든 조미료인 폰즈의 상품명.

존칭을 쓰고 있는 거지? 뭐, 상관없습니다. 물이 끓었으면 냄비 앞에 바싹 다가앉습니다. 양배추와 고기는 손이 닿는 곳에 세팅했습니까? 아지폰도 꺼냈습니까? 젓가락은? 그렇죠, 물이 증발해서 줄었을 때를 위해 전기주전자 같은 걸 옆에 두면 좋습니다. 국물이 튀었을 때를 대비한 행주나 휴지 같은 건 있습니까? 식사 중에 일어났다 앉았다 하며 돌아다니면 먼지가 일어서 그다지 좋지 않겠죠. 어차피 혼자니까요. "아, 휴지 좀 줘"라고 해봐야 몸을 돌려 저쪽에 있는 휴지를 집어줄 사람 따위 아무도 없으니까요. 이번에는 제가 이상하게 대범하지 못하군요. 지나친 친절입니까? 문장이 들떠 있습니까? 취한 건지도 모릅니다.

이제 조금 깊이가 있는 개인 접시에 간 무를 듬뿍 덜고 다진 파를 과감하게 뿌리고 아지폰을 가볍게 둘러줍니다. 자, 준비 완벽! 양배추와 고기를 냄비에 넣읍시다. 처음에는 차가운 고기와 채소 때문에 끓던 물이 순간 조용해집니다만, 고기는 금방 하얗게 변합니다. 그러면 먹어도 됩니다. 양배추도 순식간에 부드러워집니다. 젓가락으로 집어서 무와 파와 아지폰에 찍어 먹어보시죠. 맛있는데? 어, 제법인데? 완전 제대로인데? 잠깐, 이거, 진짜 끝내준다! 하고, 남성들은 멍청한 표정으로 눈을 동그랗게 뜰 게 분명한 단순, 정직, 직접적인 맛입니다요. 양배추의 아삭한 식감과 고기의 부드러움이 무서울 정도로 궁합이 좋습니다. 뜨거운 물에서 나온 열기가 차가운 무로 살짝 가라앉아 먹기 편하죠. 파가 또 절묘한 고명이 되어 악센트를 주지 않습니까. 대파 뿌리의 매콤함과 아삭한 식감이 즐겁습니다. 대파 잎이나 쪽파, 실파로는 힘이 미치지 못하죠. 아무래도 역부족입니다.

그건 그렇고 정말 맛있다. 세 입 정도는 연달아 먹게 된다. 양배추는 왜 뜨거운 물에 넣기만 하면 딱딱하지도 부드럽지도 않은 절묘한 식감과 달콤함을 내는 걸까? 여기서 화이트와인. 밀도가 있고 산뜻한 맛이 어울린다. 상표명 따위 전혀 모르지만 상관없다. 그 부분은 주류판매점 주인에게 맡기면 그만.

이 음식은 당연히 흰밥에도 더할 나위 없이 어울린다. 밥숟가락을 멈출 수 없다. 식욕 폭주. 하지만 이 책은 '뒤룩뒤룩한 남자는 되지 말자'는 취지를 갖고 있으니 여기서는 밥은 먹지 않기로 하자. 그 대신 마무리로 가볍게 우동 투입. 재료가 우러난 국물을 공기에 덜고, 소금과 후추로 간을 한 뒤 우동을 찍어 먹을까. 가볍게 말이지. 1인분의 절반. 나는 과연 절반에서 멈출 수 있을까. 이 국물, 고기와 양배추의 진액이 우러나와 먹고 있는 짧은 시간에도 점점 맛있어진다. 단순한데도 물리지 않는 비결은 이것(아마도). 마지막으로 국물을 마시면 속도 마음도 진정되고 대

만족. 옛 시골 사람들의 지혜가 놀라울 따름이다. 양배추 대신에 시금치를 넣는 지방도 있는 모양이지만, 그러면 거품이 조금 많이 난다. 시금치를 넣을 때는 양배추도 조금 섞는 것이 좋겠다.

여덟.

야키소바에 홋피

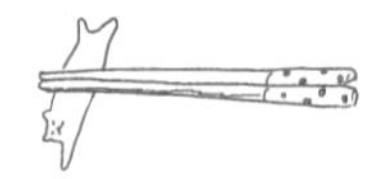

한 동갑내기 친구가 나이 들면 야키소바집을 차리고 싶다고 한다. 이유를 묻자, "왜긴, 야키소바는 누구나 좋아하잖아?" 한다. "그야 좋아하기는 하지만" 하고 말하자, "거봐, 야키소바는 누구나 좋아한다니까." 말끝에 '한다니까'를 붙이는 건 이 남자의 말버릇이다. 절대로 그렇다, 당연하다는 단언. 자칫하면 듣는 사람이 무지몽매한 사람처럼 느끼게 하는, 거의 화를 내는 게 아닌가 싶을 정도로 강한 어조로 잘라 말한다. 하지만 의외로 그 단언이 초점에 어긋날 때도 있어서 재미있다.

그가 말하길, 모든 사람이 이렇게 야키소바를 좋아하는데도, 도쿄에는 야키소바 전문점이 생각 외로 적단다. 불교의 잿날이나 축제 때 보면 반드시 야키소바 노점상이 있고, 남녀노소가 먹고 있다. 싸구려 중식집에서도, 이자카야에서도 모두 야키소바를 주문한다. 그런데도 도쿄에 야키소바 전문점은 거의 찾아볼 수 없다는 것이다. 하지만 B급 맛집의 인기 상위에는 늘 그 지역의 야키소바집이 들어 있다. 어디까지가 그의 진심인지 모르겠지만, 어쩌면 틈새시장이 될 수도 있겠다.

야키소바는 '맛있다'의 스트라이크존이 라멘보다 훨씬 넓다. 양념 야키소바도, 소금 야키소바도, 간장 야키소바도 일단 나오면 '먹기 싫은데'라는 사람은 없다. 노점상의 야키소바에 불평을 늘어놓는 사람도 본 적 없다. 더구나 라멘과 달리, 면이 금방 퍼지지 않아서 술안주로도 좋다. 이러해서 오늘 밤은 혼자 야키소바에 한잔할까 한다. 야키소바 하면 맥주가 떠오르지만, 집에서 마시는 것이니 조금 차분하게(맥주는 차분하지 않다는 건가? 하고 묻는다면 딱히 반론할 수는 없지만) 홋피로 가보자. 최근에는 홋피도 많이 파니까. 예전에는 영업점에서만 마실 수 있는 술이었다. 푸린염기가 없는 홋피는 통풍을 걱정하는 아저씨들도 실컷 마실 수 있다. 홋피는 소주와 함께 냉장고에 넣어둔다. 난 홋피에 얼음 넣는 건 좋아하지 않는다. 얼음을 넣으면 홋피가 순식간에 추하이 쪽으로 넘어가는 것 같지 않은가. 홋피는 그래도 호프니까, 보리니까, 맥주의 동료로 인정해서 얼음은 넣지 않는 게 좋지 않을까? 응?

먼저 프라이팬을 달궈 식용유를 두른다. 삼겹살을 조금 잘라서 넣는다. 조금이면 된다, 고기 같은 건. 고기가 많으면 불량 식품 느낌이 나지 않아서 안 된다. 불량 식품 느낌이 좋은 것이다. 난 애초부터 정크푸드를 좋아한다. '정키'라고 불러도 돼, 허니. 허니라니 난 누구냐. 그담엔 큼직큼직 자른 양배추를 넣고, 소금과 후추를 가볍게 팍팍 뿌리고 볶는다. 당근이니 양파니 숙주니 필요 없다. 목이버섯? 당신 귀족이야? 그런 다음 전자레인지로 1분 정도 가열해둔 면을 풀어가며 넣는다. 그담엔 물을 적당히 한 번 둘러주고 전부 볶는다. 전부 볶아지면 그담엔 우스터소스를 뿌린다. 오랜만이야, 우스터. 그담엔… 그담엔, 그담엔을 너무 많이 쓰고 있군. 치이익! 하고 화악 솟아오르는 소스 타는 냄새! 이렇게 화악 솟구치는 소스 냄새가 식욕을 폭력적으로 자극한다. 참기 힘들다. 분말소스가 들어 있는 제품이라면 물론 그걸 사용해도 좋다. 피시소스를 조금 둘러도 괜찮을 듯하다. 왠지 모르지만 청주를 살짝 뿌려도 괜찮을 듯하다. 한 끗 차이를 위해 카레 가루를 아주 조금 뿌려도 괜찮을 듯하다. 마지막에 다시 가루를 뿌리는 것도, 시즈오카오뎅 같아서 괜찮을 듯하다. '괜찮을 듯하다'가 끊임없이 붙는다. 야키소바의 넓은 도량 탓이다.

어쨌든 야키소바 요리법은 다양하다. 그건 알고 있다. 채소와 고기는 볶아서 한 번 꺼내놓고, 면을 볶은 후에 마지막으로 합친다거나. 뚜껑을 덮어 증기로 찐다거나. 하지만 뭐랄까, 어떤 식으로 만들어도 어떻게든 완성된다는 점이 야키소바의 좋은 점이다. 정상에 이르는 길이 수없이 많은 산이다. 완성되면 파래를 아낌없이 뿌리고, 붉은 생강을 듬뿍 곁들인다. 식후의 '앞니에 파래가 낀 걸 깨닫지 못하는 상황'을 걱정할 필요 없는, 집이다. 다 됐으면 접시에 담아 텔레비전 앞으로 간다. 아무래도 상관없는 예능 프로그램을 보며, 화면 속 연예인에게 '큭, 바보냐' 등 말을 걸며 먹는 것이 좋다, 야키소바는.

그러면 이제 홋피. 되도록 큰 컵에 먼저 소주를 붓고 홋피를 높은 위치에서 주루룩 부어, 떨어지는 힘으로 섞이게 한다. 젓가락으로 휘젓거나 하지 않는다. 아니, 휘저어도 좋다. 파래와 소스 기름이 묻은 젓가락으로 섞어도 좋다. 아무도 보지 않는다. 섞은 젓가락을 핥아도 좋다. 야키소바를 한 입 먹고, 홋피를 벌컥벌컥. 그러면서 텔레비전 출연자에게 '너, 보기 싫어!' 하고 소리쳐도 좋다. 이를 반복하다보면 점점 기분이 좋아진다. 어떤가, 가정식 야키소바도 괜찮지 않나? 술을 새로 따를 때마다 홋피의 소주 비율이 높아지기 쉬우니 주의해요♡

아홉.

양배추볶음&멘치카쓰빵에 추다

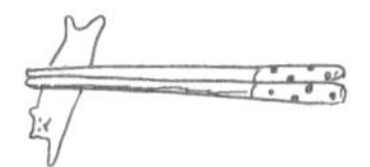

만화가를 목표로 하는 사람이 아니어도 일본인이라면 죽기 전에 반드시 읽어야 하는 만화책이 후지코후지오Ⓐ의 『만화의 길』일 것이다. 나도 인생의 전환기마다 몇 번이나 읽었는지 모른다. 만화가를 목표로 하는 청년들이 모인 '도키와소.'* 가난한 그들이 가끔씩 소소한 회식을 할 때 마시는 술이 '추다'였다. 오늘은 이걸로 달달한 저녁 반주를 해보자.

---

* 1952년에서 1982년까지 도쿄 도시마구에 있었던 목조 빌라. 데즈카 오사무 등 저명한 만화가들이 젊었을 때 생활했던 곳으로 유명하다.

'추다'란 추하이를 흉내 내서, 소주에 사이다를 섞어 만든 음료다. 내친김에 소주는 갑류,* 그것도 서민들의 단골 주종인 '킨미야 소주'로 하고 싶다. 사이다는 꼭 유리병에 든 '미쓰야 사이다'로 했으면 한다. 지역 특산 사이다도 좋다. 하지만 페트병은 느낌이 나지 않으니 피하자. 컵에 얼음을 넣고 상온의 소주와 사이다를 넣는 것이 쇼와 시대의 느낌이 나서 좋다.

이제 안주인데, 먼저 양배추볶음이다. 그들이 회식할 때 단골 메뉴. 나도 무척 좋아한다. 고기도 멸치도 젓새우도 필요 없다. 양배추만 볶는 요리. 난 올리브오일에 볶는다. 올리브오일을 가열하고 고추 하나를 넣는다. 거기에 큼직하게 썬 양배추를 넣고 재빨리 볶은 후 소금 후추로 간을 해서 흐물흐물해지기 전에 접시에 담는다. 이게 끝. 완전 간단. 하지만 완전 맛있다. 양배추의 단맛이 소금으로 더욱 강해지고, 거기에 고추의 매운맛이 살짝 더해지면서 식감도 좋은, 훌륭한 안주. 이 요리가 추다와 확실하게 어울린다! 잔뜩 만들어도 술을 마시다보면 금방 없어진다. 양배추 반 통 정도는 해야 한다. 식초를 몇 방울 떨어뜨려도 '맛나다!' 아, 지금 먹고 싶어졌다. 이 요리가 전채.

---

* 전통방식인 단식증류기로 증류한 소주를 을류, 연속식 증류기를 이용한 소주를 갑류라고 한다. 신식 소주라고도 하며, 맛과 향이 깨끗해서 칵테일 등에 주로 이용한다.

추다도
끼워줘요오~
합
체

메인은 『만화의 길』에서 주인공들이 선배 만화가인 데라 씨의 대접을 받고 감동했던, 멘치빵. 이는 프랑스빵을 잘라 그 사이에 멘치카쓰를 넣기만 하는 초간단 요리. 하지만 한번 해보시길. 정말 더 이상 맛있을 수가 없다! 궁핍함은 창조력과 상상력을 풍부하게 해서 좋다. 돈이 있으면 어디의 빵이 무첨가고, 어디의 채소가 유기농이라는 정보만으로도 이미 감사하며, '아, 역시 달라!' 하고 먹을 것이다. 그런 생각으로는 결국 비싼 것이 맛있다는 결론만 나올 뿐이다. 비싼 교통비를 들여가며 현지에 가서 먹는 것이 결국은 최고라고. 당연하다기보다는 상상력이 빈약하다.

이 프랑스빵과 멘치카쓰도, 딱히 비싼 베이커리의 즉석 빵일 필요가 없다. 평범한 듯하지만 쉽게 생각해내지 못하는, 두 가지 조합의 절묘함이다. 프랑스빵의 식감과 멘치카쓰 튀김옷의 기름, 고기의 맛이 입 안에서 합체하면 정말로 맛있다. 그리고 뭐라 표현할 수 없는 충만감이 있다. 가난했던 그들에게는 이 충만감, 포만감이 '맛나다!'를 외치게 만든 감동과 감격이었을 것이다. 온몸으로 받아들이는 맛이었을 것이다. 영혼이 담긴 그 노골적인 표현은, '역시 다르군' 따위를 떠들어대는 세 치 혀의 미식가 흉내와는 전혀 다르다! "소금은 6억 년된 파키스탄 암염을 요리 직전에 제분기로 갈아 사용했습니다." 따위의 말에 감동하는 자들은 인간으로서 부끄러운 줄 알아야 한다. 식욕이 음란하다.

이 멘치프랑스빵이 또 추다에 기가 막히게 어울린다! 사이다의 향기가 새삼 아련하다. 옅은 단맛과 소주의 은은한 쓴맛이, 어른 같기도 아이 같기도 한, 혀와 코를 간질이는 맛이 난다. 미슐랭 가이드 따위 빌어먹으라고 해. 조금 딱딱한 프랑스빵도, 너무 말랑말랑한 프랑스빵도 상관없다. 멘치카쓰 맛이 강하기 때문에 입을 크게 벌리고 함께 베어 물면 소박한 풍요로움이 입 안에 가득해진다. 바로 그거다. 그걸로 좋지 않은가. 잘 씹고 삼키고 뒤이어 추다를 마신다. 아주 살짝 톡 쏘는 탄산이 느껴진다. 옛날을 추억해서 그런 것이 아니라, 바로 지금도 애가 탈 정도로 맛있다. 뭐랄까, 현대에도 청춘의 맛이 난다. 고맙다고 말하고 싶다.

이 빵에 감격하고 추다에 살짝 취해서 친구들과 꿈을 이야기하고, 다시 책상을 마주한 채 각자의 좁고 추운 방에서 묵묵히 펜을 움직였던 젊은 만화가들이 있었던 것이다. 지금은 시대가 다르다고 하지만, 그 감정이 지금의 내 가슴에 절절하게 전해진다. 멘치빵과 추다 장면을 보면 먹어본 적이 없어도 그들의 감격이 생생하게 느껴져서 읽고 있는 것만으로 배가 고파진다. 지금 떠올려봐도 배가 고파진다. 후지코후지오Ⓐ 선생님의 영혼이 담겨 있는 것이다.

나는 내 나름의 방법으로, 양배추볶음을 할 때 조금 남겨둔 양배추를 채 썰고 돈가스소스를 뿌려 멘치빵을 만든다. 양배추볶음을 하기 전에 처음부터 만들어서 묵혀둔다. 그리고 이것저것 먹고 마신 후, 마무리로 먹는다. 그렇게 시간을 두면 조금 흐물흐물해진 양배추와 멘치카쓰에 소스가 스며들어… 무슨 말인지 알겠지, 남자라면. 아, 여성분들, 미안. 『만화의 길』이 다시 읽고 싶어졌다.

열.

슈마이 도시락에 캔맥주

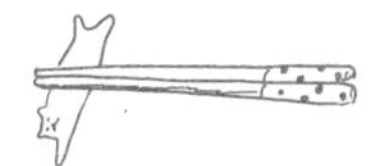

혼자 도카이도 신칸센을 탈 때의 즐거움은 기요켄의 슈마이 도시락에 맥주를 마시는 일. 반드시, 라고 정한 건 아니지만 갈등될 때는 슈마이 도시락. 도쿄역에서 사서 신요코하마를 지나면 먹는다. 맑게 갠 날이면 후지산이 보일 즈음까지 참았다가 먹고, 날씨가 흐려서 보이지 않으면 아쉬워하며 먹는다. 기요켄의 슈마이 도시락은 몇 번을 먹어도 그 완성도에 감동받는다.

1954년 발매된 간토 지방 기차역 도시락계의 대표 메뉴. '슈마이' 도시락이라고 외치지만, 도시락의 약 절반을 반찬이 점령

하고 있고 슈마이는 조그마한 것 다섯 개뿐. 그다음은 기라성처럼 다양한 반찬이 복작복작 담겨 있다. 이 반찬을 안주 삼아 맥주를 마시는 것이 여행이 주는 즐거움의 서막이다. 슈마이 도시락은 '식어도 맛있다'는 걸 전제로 만들어졌다. 따라서 이 도시락은 집에서 먹어도 좋다. 봄이라면 공원에서 먹어도 좋다. 다른 어설픈 도시락 따위 상대가 되지 않는다.

먼저 슈마이 하나하나에 간장을 떨어뜨리고 위에 올린 완두콩처럼 연겨자를 조금씩 조금씩 묻혀가는 의식부터 연회는 시작된다. 완두콩은 슈마이 본체 속에 매몰되어 있다. 내가 이 의식을 할 것이라 예견했다고? 말도 안 돼. 아니, 혹시, 혹시 보스…라니 대체 넌 누구냐! 이 과정이 끝나면 캔맥주 뚜껑을 딸깍. 개회 선언이다. 먼저 맥주를 쭉 들이켜자. 입술에 닿는 알루미늄이 차갑다. 그다음엔 먼저 슈마이다. 식어도 맛있는 비결은 말린 조개관자에 있는 듯하다. 확실히 맛있다. 치아에 닿는 차가운 느낌, 씹는 느낌이 기분 좋다. 씹을수록 나오는 감칠맛이 좋다.

그담엔 밥을 먹기 시작한다. 반찬이 이렇게나 많다니. 밥은 먹기 쉽도록 한 입 크기로 나눠져 있고, 깨소금이 총총 뿌려져 있어서 얄미울 정도로 훌륭하다. 이 역시 식어도 맛있는 신기한

SAPPORO

밥. 이 밥에 비하면, 다른 도시락 따위는 따뜻하게만 하면 충분하다고 여기는 구태의연한 사람들이 생각하는 도시락이다. 그렇다고 다른 도시락이 나쁜 것도 싫은 것도 아니다.

게다가 참치양념구이가 들어 있는데, 이건 기요켄의 슈마이 도시락 외에는 어디서도 먹을 수 없는 독특한 반찬이다. 맛있다. 살짝 징크 느낌의. 참치의 수분이 빠져나가 딱딱해지고 짭짤해져서 안주가 된다! 이게 먹고 싶어서 슈마이 도시락을 사고 다른 건 전부 버리는 사람이 있는 모양이다. 그런 사람이 어디 있어!

그리고 죽순조림. 수수하다. 할머니의 손맛이다. 이런 소박한 맛을 잊지 않는 부분이 친절하다. 주사위 모양으로 잘려 있다. 정성스럽다. 맥주에도 좋고 밥에도 좋다.

그담엔 작은 닭튀김도 들어 있다! 이 작은 크기가 다시 내 상상력을 자극해 마지않는다. "그렇게 작은 고기 따위 넣을 필요 없어"라고 말하는 젊은 2대 오너에게, "작아도 역시 고기를, 고기를 씹는 기쁨을 남겼으면 합니다, 사장님" 하는, 부하 직원의 손님에 대한 세심한 마음이 느껴진다. 전후 세대의 마음을 생각하는 배려라고 할까. 확실히 이 작은 닭튀김이 있고 없음에 따라 도시락의 풍경이 변한다. 풍경이라니, 너무 나갔다.

그리고 채색 담당인 가마보코*와 달걀말이도 들어 있다. 어차피 구색 맞추기라고 얕봤지만 먹어보니 놀랍게도 예상을 뛰어넘는 제대로 된 맛이다! 가마보코 짱과 달걀 짱은 재색 겸비의 귀여운 콤비! 호호호, 거기 있는 양반, 코 밑이 길어졌습니다요(←이 말투, 엄청나게 아재스럽다).

더구나 다시마채와 붉은 생강이 코너를 꽉 막고 있고 작은 우메보시가 밥의 중심을 꽉 잡고 있다. 어떤가, 우리 월간만화의 호화 9대 부록, 이 아니라(너 몇 살이냐!) 기요켄의 슈마이 도시락이 자랑하는 9대 반찬!

압권은 열 번째를 장식하는 짙은 다홍빛 말린 살구의 존재! 말린 살구는 조금 의아하다. 슈마이 도시락에 말린 살구. 마치 수수께끼를 던지고 있는 것 같다. 스승님이 묻는다. 슈마이에 살구는 어찌할 것인가. 디저트랄까, 입가심으로 생각하는 것이 자연스럽겠지만, 말린 살구의 올바른 사용법을 나는 아직 모르고 있는지도 모른다. 대답은, 벗이여, 바람에 흩날리고 있다.

이 많은 반찬과 밥을 어디서부터 어떻게 먹을까. 어떻게 공략할까. 어떤 순서로 내 배에 넣을까. 어떤 균형으로 맥주와 대치

---

* 흰 살 생선을 주원료로 한 어묵의 일종. 나무판을 대고 반원통형으로 만드는 것이 특징.

시킬까. 이런 경우, 밥도 안주의 하나다. 그 말은 결국…. "슈마이 도시락과 캔맥주의 대결이다!" 쿠웅(파도가 절벽에 부딪혀 부서지는 소리)! 어디선가 들어본 듯한 대사인데…. 어디긴, 30년 전의 데뷔작이잖아! 도시락을 내려다보며 새로운 공략 작전을 세우면서 마시는 맥주의 맛. 먹으면서, 시국을 읽고 작전을 변경하는 것도 좋다. 마지막으로 맥주를 비우면, 빈 도시락 가운데에 말린 살구가 덩그러니 남아 있는 것도 멋있다. '후후' 웃고는 입 안에 톡 던져 넣는다. 슈마이 도시락에 늘 과찬을 하게 된다. 하지만 슈마이 도시락에는 '항상 이용해주셔서 감사합니다'라는, 문구 한 줄이 작게 새겨져 있다. 겸허. 하지만 시원시원한 자신감과 자부심이 느껴진다. 이런 사람이 되고 싶다.

열하나.

야키오니기리에 니혼차와리*

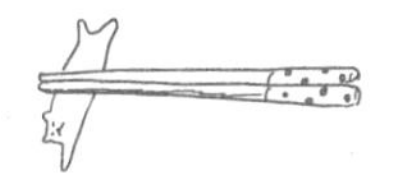

일본인이라면 누구나 야키오니기리를 좋아할 것이다. 밥이라는 말은 생략하고 말하자. 술집에서 여러 명이 술을 마시고 있고, 모두 제법 취기가 돌아 서서히 자리가 끝나갈 즈음, 종업원이 갑자기, "오래 기다리셨습니다" 하고 야키오니기리를 담은 접시를 가져온 것을 봤을 때의 그 놀라움, 기쁨. 오래 기다리셨다니, 우린 기다린 적 없는데! 하지만 나쁠 리가 없지 않은가! 놔두고 가,

---

* 소주에 차를 섞은 음료를 차와리라고 하는데, 그중에서 녹차를 섞은 음료를 니혼차와리라고 한다.

제발 놔두고 가!

사실은 센스 있는 누군가가 적당한 때를 봐서 몰래 주문해둔 것이다. 멋지다! 누구냐! 상 줘야 해! 술꾼들의 모범! 넌 오늘 회비 면제야! 모두 인정하지?라고 해도 이의를 제기할 치사한 녀석은 없다. 속은 몽글몽글, 표면은 바삭바삭, 게다가 간장 태운 냄새가 화악 풍겨서, 도저히 못 참겠다고, 기요시로!* 글까지도 회식의 절정처럼 취해버렸군.

그러면 이걸 집에서 만들어, 오늘 밤 나 홀로 반주로도 좋지 않을까? 예에! 이때 반드시 필요한 것이, 오니기리와는 예전부터 무언의 우정으로 맺어온 동맹 단무지. 단무지도 고급스러운 것부터 서민적인 것까지 다양하지만, 조금 좋은 것을 사자. 두툼한 것 세 개. 세 개면 된다. 시골에서 내놓는 다과처럼 듬뿍 내놓으면 흥이 깨진다. 준비됐나?

그러면 오니기리를 만든다. 조금 작게. 크게 만들면 우둔해 보인다. 세 개. 그리고 하나는 우메보시를 넣고 김으로 마는데, 이것만은 굽지 않는다. 나 홀로 반주의 호사다. 밖에서는 좀처럼

---

* 록 뮤지션인 이마와노 기요시로. 다마란자카라는 언덕이 너무 가팔라 '타마란(못 참겠다)'이라고 해서 타마란자카로 불리게 되었는데, 기요시로는 이 언덕 근처에서 하숙했던 추억을 담아 「타마란자카」라는 곡을 발표했다.

먹을 수 없지. 그리고 남은 건 충분히 달궈진 석쇠에 올려 가스레인지에서 천천히 굽는다. 프라이팬에 기름을 둘러 굽는 방법, 테플론 코팅 프라이팬으로 기름 없이 굽는 방법 등 여러 가지가 있다. 이건 각자의 취향이다.

나는 논오일 석쇠구이. 약한 불에서 정성껏 굽는다. 이렇게 정성껏 오니기리를 굽는 동안 350*ml* 발포주를 딴다, 딸칵하고. 낚시꾼 같은 기분이군. 서두르지 않고, 맥주 비슷한 발포주를 마시면서, 차분하게 오니기리를 지켜본다. 가만히 지킨다. 아, 인생 따위 한순간이다. 그런 말들을 중얼거리며 주방에 선 채 조금씩 홀짝이는 즐거움이여! 아, 어른이어서 좋다. 아저씨라도 좋다. 젊은 시절이 끝나서 좋다.

아차, 깜빡했네. 양념을 만들어놔야지. 간장에 미림을 조금 넣는다. 미소 양념장에는 미림을 넣어도 좋지만 니혼슈도 좋다. 여하튼 조금 넣어 풀어둔다. 포인트는 딱 이것뿐. 포인트 맞아? 이제 구워진 느낌이 들면 오니기리를 뒤집고 간장을 바른다. 또 하나에는 미소양념을 바른다. 난 양념 솔이 없어서, 사용한 뒤 깨끗하게 씻어둔 니스용 붓으로 발랐는데, 어쩐지 죽을지도 모른다는 생각이 들었다. 니스는 위험하잖아. 죽을지도. 뭔 소리야, 안 죽었으니까 지금 이 글을 쓰고 있지. 헤헤. 그러면 다시 한번 뒤집고 반대쪽에도 죽음의 솔로 간장과 미소를 바른다.

잠시 후 바로 그 간장 타는 냄새가 화악 감돌기 시작하고, 참을 수 없다람쥐. 뭐냐, 참을 수 없다람쥐라니, 재미도 재치도 아무것도 없잖아! 하여간. 발포주나 홀짝이라고. 아, 이런 걸 쓰는 내가 싫어졌다. 일러스트도 그럴 건가? 제정신인가? 진심으로 제정신? 정신줄 놓고 있는 거 아님? 이제 그만하고 그냥 마셔, 마셔! 죄송합니다. 좀 더 열심히 하겠습니다. 이제 야키오니기리 완성. 발포주 350*ml*는 자동적으로 빈 캔이 되는 것이다.

이제 자리를 이동하고 주종을 바꾼다. 오늘 밤의 반주는 지금부터다. 발포주는 정식 행사에 들어 있지 않다. 뭐라고 하더라, 전야제? 예행연습? 여흥? 전주? 전채? 전희? 여하튼 지금부터가 정식 행사다. 어? 에이, 됐어. 이이치코 소주*로 만든 니혼차와리는 어떤가, 형제여. 하고 운을 밟아보기도. 에? 요즘 젊은 사람들은 라임이라고 한다고? 힙합에서? 알게 뭐야, 별 참견을 다하는군. 축제다! 풍악을 울려라!

찻주전자에 제대로 끓인 차를 소주가 담긴 찻잔에 쪼르륵 따라서 섞는 소주 니혼차와리는 향기도 좋고 단맛도 느껴지면서

---

* 보리소주로, 오이타현에서 만든다. '이이치코'는 '좋아요'라는 뜻의 오이타 방언.

정말로 차분해진다. 뜨겁게 마셔도 좋고, 컵에 얼음을 가득 넣은 소주에 뜨거운 녹차를 부어 아이스티 방식으로 즐겨도 맛있다. 오늘 밤은 뜨거운 걸로 가자. 이 술을 야키오니기리를 조금씩 씹어가며 마셔보라. 눈물이 날 것이다! 정말 맛있다. 녹차에 밥이니 어울리지 않을 리가 없지. 그다음 한 손에는 결코 빠뜨리면 안 되는 단무지를 들고 아삭! 끝내준다! 크윽! 작고 누리끼리한 일본인이면 어떠하리! 깡통 차리. 돌려 차리. 윈튼 켈리.* 그리고 마지막으로 본고장의 맛 우메보시오니기리를 먹으면, 왠지 올바른 일을 하고 있는 듯한 기분이 든다. 꼭 시도해보시길.

이상! 자, 다 썼다. 마시자, 마시자! 이런, 이번에는 취해서 썼습니다. 사실일까 거짓일까? 자, 버튼을 누르세요! (너무 까불었다. 밤길 조심해야겠군)

* 미국의 재즈 피아니스트.

열둘.

방바닥에 레드와인

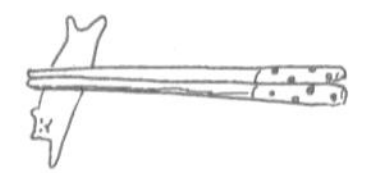

평상시에 와인은 별로 마시지 않지만, 어쩌다 마시면 역시 맛있다. 술이면서 수프 같다고 할까, 음식적인 요소가 들어 있는 음료다. 와인하면 왠지 야릇한 분위기에서 묘령의 여성과 단둘이 마시는 더없이 통속적인 그림을 떠올리기 쉽지만, 이번에는 사내 혼자 마셔대는, 매너를 무시한 야만적인 음주 방식을 택할 예정이니 각오하시길 바란다.

먼저 레드와인. 주류매장에서 제법 비싼 것을 사온다. 와인 전문점? 에노테카ENOTECA? 내가 알게 뭐야, 에로티카 친척인가?

주류매장에 가도 상품명 따위 전혀 모르므로 병과 라벨을 보고 되도록 비싸 보이면서 싼 것을 고른다. 2,000엔이면 충분하겠지. 다른 종류로 한 병을 더 살까. 웬만한 프랑스 요릿집에서 마시면 한 병에 4~5,000엔은 할 테니, 이 정도면 2만 엔 코스 요리나 매한가지. 아저씨다운 사고방식이죠.

구입한 와인은 집에 가서 냉장고에 넣는다. 레드와인은 상온이라는 상식 따위 똥이나 처먹으라지. 술은 차갑게 하면 대체로 맛있는 법이라고. 뭐, 할 말 있어? 하지만 '똥이나 처먹어'를 새삼 글자로 써보니 엄청나군. 대변을 먹으라니, 너무 심하지 않습니까?

그담엔 오늘 밤의 와인 안주인데. 바게트. 버터. Q·B·B 베이비 치즈. 정겹죠? 기본이죠? 거기에 육류 요리로 살라미 하나. 생선 요리로 연어 통조림. 양파 반쪽을 얇게 썰어서 찬물에 잠시 담가둔다. 엄청난 진수성찬 아닌가, 당신 오늘 무슨 날이야?

그리고 음악영화 한 편. 추천하는 건 다큐멘터리 쪽 음악영화. 예컨대 〈앤빌의 헤비메탈 스토리〉 같은 걸 추천한다. 헤비메탈 밴드가 대머리에 주름투성이 아저씨가 돼서도 꿈을 좇는 영화. 가슴 아프고, 웃기고, 마지막엔 눈물이 흐른다. 일본 작품이라면 〈타카다 와타루 스타일로 Zero〉. 토착 포크송. 프렌치 레스

토랑에서는 세상이 뒤집혀도 틀어주지 않는 음악이다. 추하이를 마시고 헤롱거리는 다카다 와타루*를 보면서 차가운 레드와인을 벌컥벌컥 마시는 것도 제법 멋지다고.

먼저 물기를 제거한 양파를 접시에 펼치고 통조림 연어를 듬뿍 올린다. 거기에 간장을 두른 후 드레싱 비니거도 살짝 뿌려 가볍게 섞는다. 검은깨도 살짝 뿌리고. 살라미는 먹기 편하게 얇게 잘라두자. 바게트는 칼로 자르지 않고 손으로 쭉쭉 뜯고 찢어서 먹는 거다. 점잔 빼지 말자고. 이제 냉장고에서 와인을 꺼내 마개를 뽑고, 텔레비전 앞에 털썩 앉는다. 양반다리를 한다. 오른쪽 엉덩이를 들고 뿌우웅 하고 방귀를 한 방 날리자. 어차피 아무도 없지 않은가. 가스를 빼서 배를 개운하게 해두자고. 빵은 들어 있던 봉지를 찢어서 바닥에 펼치고 그 위에 올리면 된다. 연어와 살라미 접시도 주변 바닥에 둔다. 바닥이 테이블이다. 실컷 야만적이고, 완전 무신경하고, 방약무인이다. 하얀 테이블클로스가 뭐 어쨌다고, 멍청이. 이런, 오늘 밤에는 무척이나 멍청하고 난폭하군. 왜 그래, 무슨 일 있었나?

큼지막한 컵에 차가운 와인을 콸랑콸랑 따라 한입 꿀꺽 마신

---

* 일본의 전설적인 포크 가수.

다. 개도 아니고, 마시기 전에 킁킁킁 냄새 따위 맡을 성싶으냐. …맛있다! 레드와인도 역시 차가워야 맛있다고. 뭐, 불만 있나!

오, 화면에서는 외출을 나서신 다카다 와타루. 이미 취해 있다. 하지만 좋군, 이 목소리. 가슴이 저미는군. 빵을 찢어서 버터를 듬뿍 발라 입에 넣는다. 맛있다. 열량이 뭐 어쨌다고. 뒤따라오는 레드와인이 또 맛있다. 맛이 진한 것이 좋군. 살라미를 한 조각. 으~음 살라미다, 살라미. 와인을 꿀꺽. 치즈를 쏙. 응응, 치즈다, 치즈. 블루치즈가 어떤지 알 바 아니지만, 썩은 데다 곰팡이까지 키워서 먹는 건 아니지.

아, 와인이 맛있다. 바게트는 길어서 배도 채워주고 오랫동안 먹을 수 있다. 퍼질러 앉아 마시기에 아주 좋다. 연어와 양파가 친해졌을 시간이니, 살짝 먹어볼까…. 응, 응. 좋아. 이 시원한 느낌이 정말 좋군. 내가 훌륭한 일을 해냈어. 간장의 은은한 맛이 느껴진다. 비니거도 제 몫을 하고 있고. 통후추도 갈아 넣었으니 정말 장해. 역시 향기가 좋아. 잡아 찢은 빵에 버터를 바르고 연어와 양파를 올려서 먹어도 맛있다. 기름이 흘렀다고? 알게 뭐야. 내버려둬. 연어와 치즈와 살라미를 전부 빵에 끼워도 좋다. 어떻게 해도 맛있다. 엄청난 호사. 와인은 두 병이다. 홀짝홀짝 아끼지 않는다. 벌컥벌컥 마신다.

기분은 오랜 비에 발이 묶인, 싸구려 여인숙의 무사다. 영화는 한 편에 90분짜리라서 술자리가 지겨워질 일도 없다. 술도 음식도 충분하다. 와인이 미지근해지면 얼음을 넣어도 좋다. 이쯤이면 어차피 취해서 무슨 맛인지도 모른다. 오늘 밤은 혼자 마음 편히 즐겨보자.

다카다 와타루의 노래, 좋군. 목소리가 좋다. 목소리가 안주가 된다. 좋아 미칠 것 같다. 아, 잠깐 누워볼까. 어이쿠, 다시 큰 거 한 방이 엉덩이에서 나왔네요. 매너 제로. 오케이. 러브 마이너스 제로. 올라잇. 한 병 더 깔까.

열셋.

히야시추카에 발포주

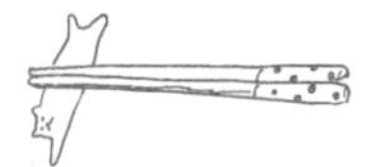

맥주를 좋아하다보니 맥주 흉내를 낸 발포주가 도저히 마음에 들지 않는다. 뭔가 경박한 맛이 난다. 금발의 형씨가, "어때? 제법 맛있지 않나?(웃음) 150엔에 이 정도면 훌륭하지 않아?(웃음) 취하면 그게 그거 아닌가? 아, 다른가?(웃음)" 하는 느낌이다. 이런 괄호 웃음을 연발하면서 자포자기식으로 말하고 있는 듯한 느낌적인 느낌이 자꾸 드는 것은 내가 어쩔 수 없는 아재이기 때문일까. 뭔가 맛에 자연의 순수함이 느껴지지 않는다. 이런 말을 계속 떠들다보면 잘난 척하는 것도 같고 곧 밑천도 드러날 것 같아서 그만두기로 한다.

발포주를 뭐랑 같이 먹으면 좋을까 생각하다가 떠오른 것이 히야시추카. 히야시추카는 있어 보이는 척할수록, 비싸 보이는 척할수록, 중식에 다가가려고 할수록 맛이 없어진다. 예컨대 히야시추카에 해파리를 넣는 식당. 해파리 따위 필요 없습니다. 입안에서 면이랑 뒤엉켜 성가시기만 하다. 이야기를 꼬아서 복잡하게 만드는 느낌. 면은 면만으로 충분하지 않은가. 또는 목이버섯을 넣는 식당. 대체 무슨 생각? 고급스럽게 보이려고 하는 것일 뿐이잖아. 목이버섯을 그 시큼한 양념에 넣는다니 가엾지도 않나. 그 이전에, 목이버섯을 히야시추카에 참가시키는 것 자체가 면목이 없다. 목이버섯은 최고의 주연으로, 커리어도 품격도 있는 배우다. 학생연극보다 조금 나은 정도의 무대에 굳이 세우지 않아도 된다(히야시추카는 어떤 무대라는 거야). 가장 바보 같은 건 접시 한가운데에 체리 따위를 올리는 식당. 아니면 방울토마토를 반으로 잘라 여기저기 올려놓는 식당. 유치원 도시락인 줄 아나. 그런 장식 따위 아무런 필요도 없다.

색감을 위해서라면 차라리 라멘용 분홍 나루토마키를 가늘게 썰어서 고명으로 사용하는 주인장 아저씨의 궁색함이 훨씬 좋다. 난 그런 거에 감동한다. "주인장, 난 나루토, 아주 좋아해. 듬

뺙 줘서 고마워" 하고 거짓말을 해버린다. 나루토마키 따위 그리 좋아하지도 않으면서. 하지만 히야시추카는 그런 게 좋다. 그렇게 정이 느껴지는 히야시추카가 좋다고(무슨 소릴 하는지 내 자신도 모르겠군). 그리고 참깨소스나 미소소스를 넣은 히야시추카도 좋아하지 않는다. 평범한 게 좋다, 평범한 게. 진기함을 뽐내거나 무리하거나 진한 화장을 한 건 안 된다. 히야시추카는 꾸밈없는 모습으로 내 앞에 나타났으면 한다. 나도 맨얼굴로 맞이할 터이니.

히야시추카는 인스턴트로 나온 마루짱의 '히야시 라멘'도 충분히 좋다. 면이 이러니저러니 할 것도 없다. 풍미가 어떠니 할 필요도 없다. 고명은 그냥 집에 있는 걸로 하면 된다. 시큼한 간장소스에 겨자가 코를 찌르기만 한다면.

어떤가, 그런 식으로 혼자 흥에 겨워지면 발포주도 점점 인정할 수 있을 것 같은 기분이 들지 않는가. 발포주를 마시고 '아니야, 역시 달라…' 따위의 말을 하는 자신이 부끄러워지지 않는가. 히야시추카와 발포주가 왠지 잘 어울리는 듯한 기분이 들지 않는가? 동향이랄까, 태생은 전혀 다르지만 성장한 환경이 비슷하다고 할까, 처지가 비슷하다고 할까. 아니 미묘하게 다르지만.

인스턴트 히야시추카를 사서 면을 삶아 찬물에 헹구고 물기를 제거한 후 양념을 뿌린다. 고명은 오이와 햄이 있으니까 그걸 채 썰어서 올린다. 달걀이 있으니 지단을 만들 수도 있지만, 올리면 보기에도 좋지만, 귀찮으니 됐다. 대신이라고 하긴 뭐하지만, 구운 김을 가위로 조금 잘라서 올리자. 붉은 생강이 있나? 있다! 기적. 기적의 붉은 생강을 올리자. 이걸로 충분히 화려해졌다. 연겨자는 잊으면 안 되지. 많이많이.

이제 발포주를 딸깍 따보자. 컵? 필요 없어, 필요 없어, 그대로 먹는 게 기분이다. 아~ 오늘도 더웠지. 고생했어. 선풍기를 틀자. 에어컨, 필요 없어. 냉방보다 바람. 조금 더워야 히야시추카가 더 맛있는 법이다. 텔레비전을 켜자. 야간경기 안 하나? 오! 하잖아. 좋아, 누군가 홈런 한 방 날려. 그렇게 떠들면서 먹는 것도 좋다, 히야시추카는.

일단 이 오이의 향기가 여름이다. 이 상쾌한 푸름. 여름이다. 소스에 겨자를 풀고 거기에 면을 담가 젓가락으로 풀어주듯 묻힌다. 김과 오이도 함께 후루룩후루룩. 읍! 겨자가 코를 찔렀다! 코가 찡한 이 느낌이 오지 않으면, 여름은 오지 않는 법. 히야시추카는 면이 잘 퍼지지 않는다. 고명과 면을 안주 삼아 발포주를 벌컥벌컥 마신다. 맛이 아니다, 기분이다. 야간경기를 보면서 기분으로 목 넘김을 즐긴다. 고명을 조금 넉넉하게 해두면 고명만

따로 먹어도 안주가 된다. 햄과 오이를 같이 소스와 겨자에 찍어서. 음~ 완전 괜찮다. 훌륭한 안주다.

나고야에서는 히야시추카에 마요네즈를 넣는 게 상식이라고 한다. 난 솔직히 '속 울렁거려. 나고야 사람들, 제발 그러지 마' 하고 생각했지만, 올해 처음으로 마가 껴서 먹어보았다. 그런데 의외로 맛있었다. 나고야 여러분 죄송합니다. 히야시추카에 마요네즈, 나쁘지 않다! 아, 일본의 여름이다. 모기는 없지만 모기향이라도 피워볼까.

열넷.

여주볶음밥에 하이볼

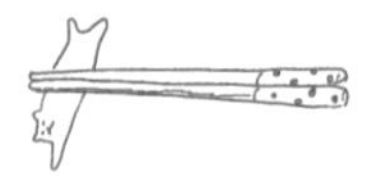

덥군. 풀장이다. 더울 때는 풀장이다. 그게 최고다. 단숨에 시원해지면서 체력이 단련되고, 피곤하니까 밤에도 푹 잘 수 있다. 그보다, 돌아와서 곧바로 자는 낮잠이 최고로 기분 좋다. 직장인 여러분에게는 죄송합니다. 프리랜서의 특권입니다. 식욕도 솟는다. 일거양득, 삼득, 사득이다. 오득의 깨달음이다. 진리의 터득이다.

더울 때는 '덥다'고 말을 하기 전에 자신의 몸을 풀장에 던져라. 풀장에 들어갔다가 낮잠까지 자고 눈을 뜨면 햇살이 노란빛을 띠고 있다. 이제 차가운 음료가 그리워진다. 땀을 흘려 몸속

수분이 줄어든 탓이다. 정확하게 말하면 알코올이 들어간 차가운 음료를 마시고 싶어진다. 그렇다고 수분만 섭취하면 몸이 노곤해진다. 가을에 나타날 여름후유증이 두렵다. 영양도 섭취하고 싶다. 이럴 때는 여주볶음밥이다. 이 더운 날 느긋하게 여주를 넣은 '찬푸루'* 따위 만들 여력이 없다.

질질 끌지 않는다. 질질 끄는 건 술을 마시기 시작한 후부터! 여주는 씻어서 절반으로 자르고 숟가락으로 씨 부분을 긁어낸다. 여주의 속을 파내는 느낌으로. 그리고 얇게 썬다. '쓴맛을 싫어하는 사람은 소금을 넣고 주물러서 찬물이나 뜨거운 물에 헹구면 좋다'고 하는데, 여주의 쓴맛을 싫어하면 여주볶음밥 따위 일부러 먹을 필요가 없다. 저쪽에 가서 단팥죽이라도 퍼먹든가. 나는 절대 여주를 뜨거운 물에 헹구지 않는다. 강한 쓴맛이야말로 여주의 여주다운 점 아닌가. 오자키 시로는 남자 아닌가, 나도 시로처럼 살고 싶다. 의리와 인정의 세계. 그렇게 말해봐야 무슨 소리인지 모른다고! 『인생극장』** 같은 거 요즘 사람들은 읽

---

* 찬푸루는 두부와 채소 등을 볶은 오키나와 향토 요리. 특히 오키나와 특산품인 고야(여주)를 넣은 고야찬푸루가 대표적이다.

** 소설가 오자키 시로의 신문연재소설. 오자키 시로의 자전적 대하소설로, 아이치현에서 상경해 와세다대학에 입학한 주인공의 청춘과 그 이후를 그린 장편소설이다.

지 않는다고! 사실은 나도 전혀 기억나지 않는다고!

두부도 물을 짜내는 과정은 생략해도 된다. 그냥 찌개용 두부 그대로 넣어도 된다. 더우니까. 이거든 저거든 뭐든 더위 탓으로 하자. 그담엔… 뭐였더라. 더워서 무슨 말을 했는지 까먹었다. 맞다, 오자키 시로가 아니라 두부가 아니라, 아니아니 두부다. 여주 볶음밥이다.

프라이팬에 기름을 두르고 고기를 가볍게 볶은 후 얇게 썰어 놓은 여주를 투입, 동시에 붉은 피망이나 숙주나물이나 파 등 냉장고에 있는 채소를 잘라서 투입. 그담엔 소금 후추 적당량. 다시 좀 더 볶은 후 두부를 손으로 뜯어서 투입. 너무 많이 넣지는 않는다. 반 모나 삼분의 일. 물기를 빼지 않았으니까. 센 불에서 치지직 볶은 후 간장을 한 바퀴 두른다. 거기에 풀어둔 달걀을 휘익 끼얹고 중불로 살짝 볶는다. 달걀은 금방 익으니까 바로 완성~

이렇게 간단한 요리는 없다. 아니, 게으른 섬사람들이 번거로운 요리를 할 리가 없다(지독한 차별 발언!). 그리고 접시에 담는다. 거기에 난 아와모리*에 고추를 재워 만든 매운 조미료인 시마토

---

* 증류주의 일종으로 술로도 마시지만 오키나와 요리의 조미료로 많이 사용한다.

가라시를 뿌린다. 그걸 꽤 많이 넣는다. 주룩주룩 붓는다. 그다음에 미림을 뿌리는 경우도 많다. 채소볶음에도, 탄멘에도. 여러 번 말했지만.

그리고 술은 요즘 한창 유행하는 하이볼로 할까. 아니, 여주볶음밥에는 당연히 하이볼이다. 하지만 최근의 대중 술집의 하이볼은 얼음이 과하다. 광고 속에서도 얼음을 너무 많이 넣는다. 위스키를 붓기 전부터 컵에 가득 얼음을 채우고 레몬까지 짜서 넣으면 위스키의 맛이 전혀 무의미해지지 않는가. 아니, 사실은 위스키를 좋아하지 않는 것이겠지. 얼음과 레몬으로 뭔가 '마시기 편한 술'로 만들어서, 위스키의 맛을 감추려는 것 아닐까? 그건 모처럼 쓴맛의 여주를, 쓴맛을 제거해서 먹는 것과 마찬가지다. 그렇게 무리해가면서 마시지 않아도 된다. 굳이 마실 필요 없다. 달달한 술을 벌컥벌컥 마시고 프라이드포테이토를 케첩에 찍어서 '이런, 취했네' 하고 떠들면서 우물우물 먹으면 될 일. 죄송합니다, 더워서, 건방을 떨었습니다.

하지만 제대로 만든 하이볼은 맛있다. 그리 크지 않은 컵에 얼음 두세 개와 위스키를 더블 정도 넣고 탄산수를 부어 만든 하이볼. 설탕을 넣지 않아도 희미하게 단맛이 느껴지고 향기도 좋다. 이 음료가 여주볶음밥과 절묘하게 어울린다.

오후 4시 반 무렵부터 시작했으면 한다. 아직은 환하게 밝을 때부터. 되도록 풀장에 가서 가볍게 수영하고 온 후. 너무 열심히 하면 안 된다. 가볍~게 흐르듯, 30분에서 50분 정도, 쉬면서 천천히. 적당한 공복감에 술이 맛있어서 미칠 것 같은 목을 만든다는 생각으로.

맛있다. 에어컨을 살짝 돌린 방에서, 혼자만의 여름 술잔치. 충실한 황혼. 그리고 해가 지면 소파에서 한숨 잔다. 저녁잠. 이게 기분 좋음의 절정이다. 잠에서 깨면 욕조에 들어간다. 개운함의 절정이다. 술기운도 가셨다. 냉장고의 보리차를 마신다. 파자마로 갈아입고 잠자리에서 독서를 한다. 새로 빨아 까슬까슬한 시트라면 더할 나위 없다. 배가 고프면 소면 한 줌 삶아 먹고. 수영 효과에 다시 잠이 온다. 여름 휴일(일반적인 직장인에게는 평일)의 달인이다, 나는. 여름에 태어나서일까.

열다섯.

즉석 볶음쌀국수에 사오싱주

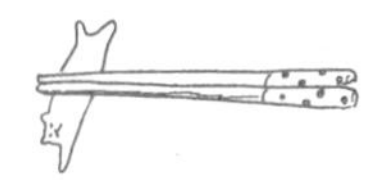

1980~90년대, 켄민에서 발매한 '야키비훈'* TV광고를 알고 있는 사람은 얼마나 될까. 실사 시리즈도 모두 재미있었지만, 뭐니 뭐니 해도 최고는 어둡고 정적인 일러스트. 석양이 깔린 골목길에 쭈그려 앉아 어두운 분위기를 풍기는 오누이.

"엄마가 켄민 야키비훈에 피망을 넣었어."

"피망을 넣었어."

---

* 볶음쌀국수라는 의미. 비훈은 중국어로 쌀가루를 의미한다.

"응."

"응."

그뿐인 내용이다. 한 번 보면 트라우마가 생길 정도로 으스스하고 재밌다. 유튜브로 볼 수 있는 좋은 시대이니 본 적 없는 사람은 꼭 검색해서 확인해주시길.

켄민의 즉석 볶음쌀국수는 실로 간단하고 맛있다. 면에 간이 되어 있고 별도의 스프가 없는 점도, 요리가 한없이 어설픈 사람들에게는 반가운 일 아닌가. 게다가 프라이팬도 전자레인지도 가능하다. 어설픈 사람들을 위한 하이브리드. 오늘 밤은 이걸로 한 잔도 하고 식사도 해보자. 술은 무엇으로 할까. 여기에는 사오싱주가 좋지 않을까. 가끔은. 오랜만에. 중국과 관련된 음식이니까.

CM에서 오사카 꼬맹이들은 피망을 넣었다고 투덜거리지만, 어른인 나는 피망을 넣고 싶다. 색감도 좋고 식감도 좋은 피망. 그다음은 삼겹살과 뱅어포도 넣어보자. 그리고 채 썬 양파. 당근은 의욕이 생기면 넣고 아니면 생략한다. 요리라는 건 원래 의욕이 생겨야 하는 거니까. 아닌가? 요리를 좋아하는 사람은 결국 끊임없이 의욕이 샘솟는, 에너자이저 부류의 사람들이니까. 아닌가? 카레라이스용 접시에 면을 담고 고명을 전부 올려 물을 가볍게 뿌리고, 응? 분량? 그런 세세한 것까지 묻지 말라고, 남자

주제에! 어? 여자? 여자가 이런 책을 읽고 있다고? 아, 죄송합니다. 감사할 따름입니다. 여하튼 그다음엔 랩을 씌워서 전자레인지에 3분 정도, 600와트 정도로. 적당히, 적당히! 대충해도 문제가 없다는 게 이 녀석의 장점이니까. 전자레인지에서 땡 소리가 울리면 참기름을 살짝 두르고 골고루 섞어주면 완성이다. 10분도 걸리지 않는다. 두반장이 있으면 기쁘다.

아직은 더운 날씨. 사오싱주에는 얼음을 넣어 온더록스로 하자. 병째 냉장고에 넣어두면 티오 페페*의 느낌이 살짝 나면서 맛있다. 어이, 티오 페페를 알기나 해? 이보게, '티오 페페의 느낌'이라고 해도 되겠나? 이보게, 아는 척하다 망신당한다고. 이보게, 이보게. 여보세요? 이보게. 이보세요. 뜬금없지만, 그 토끼와 거북이의 노래는 좀 이상하다. 토끼가 하필이면 거북이에게 "여보세요" 하고 말을 걸어, "너는 왜 그렇게 느려?" 한다. 너무 심하지 않나? "거북아, 거북이 님" 하는 말투도 상당히 기분 나쁘다. '거북아' 하고 반말을 했다가 황급히 '거북이 님' 하고, 님을 붙인다. 무시하는 것이다. 거북이를 자신보다 낮게 보는 것이다. 한참 위에서 내려다보는 시선. "구스미, 구스미 씨" 하고 불리면 당연

---

* 스페인의 유명한 셰리 브랜드.

히 화가 난다. "세상에서 너만큼 걸음이 느린 동물도 없어. 왜 그렇게 느린 거니?"라니, 너무 심하다. 세상에서 제일 느리다니, 과장도 심하다. 게다가 마지막에 '왜?'라니. 본인이 그걸 어떻게 알겠는가! 본인에게 묻지 말라고. 이런 노래를 의무교육에서 가르치다니 괜찮은가 말이다. 이야기가 완전 빗나가서 죄송. 볶음쌀국수에 사오싱주 온더록스를 마시는 이야기였습니다. 사오싱주는 취기도 천천히 올라와서 좋다. 직접 만든 볶음쌀국수를 먹으면서 사오싱주를 마신다. 뭔가 평화로운 느낌이 든다.

텔레비전을 보면서 먹기에는 어울리지 않지만, 프로레슬링 중계 같은 건 어울릴 듯하다. 그것도 예전 것을. 거구의 레슬러 자이언트 바바가 나오는 영상. 유튜브가 아니라. 자이언트 바바, 좋았다. 시골 할머니도 '바바'라고 하면 자이언트 바바였다. 바바의 미학이라고도 할 수 있는 프론트 하이킥. 기술이라기보다 춤이다. 무용. 그 발차기는 일본무용이다. 무형문화재로 지정해야 했다.

아주 간단하지만 가끔 먹으면 맛있는 하이킥이 아니라 켄민의 야키비훈. 그러고 보니 켄민의 야키비훈 광고 노래에도 '♪매일 먹으면 조금 물린다'는 가사가 있었는데, 너무 정직하잖아! 하며 웃었다. 이도 유튜브에서 볼 수 있다. 이 점만은 정말 좋은 시대다.

켄민의 볶음쌀국수는 고명을 그때그때 집에 있는 것으로 바꿀 수 있다는 점도 좋다. 양배추, 버섯, 새우, 부추, 숙주. 결국 전부 똑같은 맛이 되긴 하지만.

나가타니엔의 '마파 하루사메'도 마찬가지로 간단하고 맛있고 술안주로 좋다. 이걸 생각하면 이내 머릿속에 가수 와다 아키코의 '♪나가타니엔의 마파 하루사메!' 하는, 중국풍 멜로디가 떠오르는 아저씨도 많을 것이다. 나도 그렇다. 지금도 머릿속에 맴돌아서 미치겠다. 꼬리를 물고 반복해서 울리고 있다. 너무 싫다.

열여섯.

송이버섯 도빈무시*에 차가운 사케

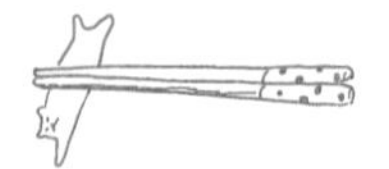

가을이다. 문득 보니 완연한 가을이다. 그 더위는 무엇이었던가. 사계절이 뚜렷한 일본. 가을바람이 불고 살짝 쌀쌀해지면 여름에는 한 모금도 마시고 싶지 않았던, 그뿐 아니라 존재 자체를 잊고 있었던 뜨거운 니혼슈가 갑자기 그리워지는 이 불가사의함! 이 현금적이고 제멋대로인 육체(지금 사전을 보고 알았는데, 눈앞의 손익득실에 따라 태도와 주장을 바꾼다는 의미를 현금現金이라고 쓴다).

---

* 질주전자에 송이버섯, 생선, 닭고기, 채소 등을 넣고 끓인 맑은 국물 요리.

뜨거운 사케 한 잔. 이 일곱 글자가 미치도록 매력적으로 보이는 요즘. 그리고 가을은 수확의 계절이기도 하다. 결실의 가을. 청과물 가게 앞이 화려해지는 가을이다. 오늘은 제철 음식에 한잔 해야지. 그래서 가을 요리의 왕도, 송이버섯 도빈무시에 한잔 기울여보기로 했다. 사실은 어제 먹었다. 아니, 직접 만든 게 아니고 술집에서 먹었다. 750엔. 이 이상 올바른 가을 음주는 없다!

어젯밤에는 일단 기본 안주가 감자샐러드였다. 수제 샐러드. 맛있다. 여기에 병맥주 작은 거 하나. 가을은 공기가 건조해서 맥주가 맛있다(맥주 애호가들이 흔히 사용하는 통속적인 변명 문구. 이 말을 할 때의 얼굴이 또 한심하다).

감자샐러드는 만드는 사람에 따라 완전히 다르다. 어제의 감자샐러드는 오이에 단식초로 밑간을 한 방식이었다. 최고. 배가 고팠던 터라 더욱 반가웠다. 니혼슈를 마실 때는 배 속에 뭘 좀 넣은 다음에 마시는 게 좋다. 배가 부른 상태는 싫지만, 아예 빈속에 갑자기 니혼슈를 붓기는 조금 꺼려진다. 감자샐러드, 나이스! 그곳 주인은 센스가 있는 양반이다. 네, 서론은 여기까지만 하고 니혼슈로 가겠습니다.

오늘은 오랜만에 '핫카이산.' 미지근한 온도로 한 잔. 그리고 뜨거운 두부튀김과 햇꽁치회를 주문. 히토하다*의 사케가 맛있다. 히토하다라는 말, 요염하다. 니혼슈다. 이 맛은 일본만의 것. 섬세함과 온화함. 따스함이 부드럽게 입으로 다가온다. 강압적인 느낌이 전혀 없다. 잔을 비웠을 때의, 순간의 농후함. 순식간에 사라지는 그 청량한 화사함. 짙은 남색 밤하늘에 꽃을 피우는, 가을의 불꽃놀이 같다. 어이, 오늘 밤에는 제법 표현이 좋은데.

두부튀김이 어울린다. 꽁치회도 흠잡을 데 없다. 술의 맛을 살리고, 술 덕분에 맛이 더 살아난다. 꽁치에 니혼슈 한 병을 비웠을 때 내 머릿속 감독이 벤치에서 일어나 투수 교대.

"송이버섯 도빈무시."

관중석에서 와아 하고 함성이 터져 나오는 장면이다. 포수도 교대. 술, 야마가타의 '주욘다이,' 차갑게. 아마 다른 사케를 내놔도 '아~ 주욘다이 맛있네' 하며 아는 척 중얼거렸을 것이다, 분명히. 바보다. 세상사 그런 거죠, 뭐. 한잔 들어가니 좋군요.

얇은 유리컵에 홀짝홀짝 마시고 있자, 도빈무시 등장. 왜 굳이 질주전자를 쓰지? 이런 모양이어야 할 필요가 있나? 국물 요리인데 '무시(찌다)'라니, 이상하지 않나? 뚜껑을 열고 속에 든 새우

---

* '사람의 피부'라는 뜻으로, 체온과 비슷한 35도 내외의 온기가 느껴지는 정도로 데운 사케를 가리킨다.

송이버섯
도빈무시
와!
와와!

같은 걸 젓가락으로 후벼대며 먹는 모습, 좀 궁상맞지 않나? 아니 그보다 내용물이 잘 안 보이잖아? 더구나 그 뚜껑을 개인접시로 사용하면서 거기에 국물을 담아 후룩 마시는 거, 이상하지 않나? 유치하지 않나? 사발이랑 사기숟가락이 좋지 않나? 생각해보면 의문투성이인 도빈무시다. 하지만 뚜껑을 열고 카보스*를 살짝 짜 넣고 그 뚜껑에 뜨거운 국물은 담은 후, 차가운 사케를 꿀꺽 마시고 바로 그 국물을 마셔보시길.

아, 이런 거구나. 이런 거였어. 그래, 맞아. 이거야. 진실은 늘 눈앞에 있다. 아하하, 깨닫지를 못하는 거지. 그런 생각이 들 정도로 설득력 있는 아름다운 맛이었다. 차가운 사케와 뜨거운 송이버섯 국물이 입에서 목을 타고 위까지 울린다.

불황이 뭡니까. 중국이 뭡니까. 전쟁도 천재지변도, 역사의 잔물결에 지나지 않습니다(소설가 이나가키 다루호 옹의 표현을 잠깐 빌렸습니다. 간이 부었군요).

주전자에서 은행 한 알을 꺼내 먹는다. 가을이다. 달콤함 속의 은은한 쓴맛. 고소함. 탱글탱글한 새우를 잘근잘근 씹은 후 사케. 뒤이어 국물. 파드득나물이 좋다. 아, 너무, 좋다. 엄청나게 좋다.

---

* 유자의 일종.

달리 뭐가 필요하겠습니까. 만추, 옆에서 고리던지기를 하는 사람이여, 하는 느낌이다. 이건 또 무슨 소리? 여하튼 이런 이유로 어젯밤 결국 취해서 도빈무시를 또 시키고 말았다. 전대미문, 전무후무의 게걸스럽고 촌스러운 시골 무사가 바로 접니다. 정말 맛있었다. 취하는 게 뭐 나쁜가. 인간, 실격. 그리고 마무리로 오니기리를 먹었다. 풋고추 오니기리. 취한 입에도 밥이 맛있다. 사케와 밥, 쌀 동지들의 동족상잔 같은 것인데도 김과 풋고추의 중재로 공존공영. 풋고추, 장하다. 삿초동맹.*

그즈음에는 완전히 취해 있었을 것이다. 오니기리를 먹은 시점에서 이미 맛이 가버렸던 나. 가을 안주의 왕은 송이버섯 도빈무시로 결정. 아이들은 흉내 낼 수 없을 것이다. 하지만 어른도 그렇게 만날 먹을 수는 없단다(아재 말투).

---

* 1866년, 에도막부 타도를 목적으로, 사쓰마번과 조슈번이 맺은 정치적 군사 동맹을 가리킨다.

열일곱.

배달 피자에 코크하이

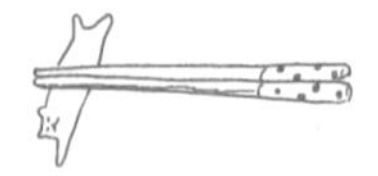

예전에 맨션 6층에 있는 작업실에서 새벽 2시쯤 혼자 원고를 쓰고 있는데 인터폰이 딩동 하고 울렸다. 새벽 2시에 말이다. 깜짝 놀랐다. 지금 시간에 뭐지. 누구야. 조심스럽게 실내의 인터폰을 들고 "네" 하고 대답하자 젊은 남자가 "○○ 피자입니다" 한다. "네? 피자요? 주문한 적 없습니다만." 그러자 남자는 앵무새처럼 "진짭니까?" 하고 되물었다. 진짭니까는 아니지 않은가, 진짭니까는. 인터폰이 있는 곳에서 현관문까지 발소리를 죽이고 나가서 문에 달린 렌즈로 밖을 엿보니 금발에 유니폼을 입은 어리숙

하게 보이는(실례) 청년이 그곳에 서서 납작한 상자를 보고 있었다. 결국 그대로 아무 일 없이 끝났지만, 그런 실수도 일어날 수 있는 건가? 나중에 조사해보니 24시 이후에 피자 주문을 받는 배달 피자집은 최소한 작업실 근방에는 없었다. 당시에는 있었을까? 새벽 2시의 피자 배달. 지금도 수수께끼다.

평상시에는 먹을 기회가 별로 없지만, 가끔 먹는 피자는 이상하게 맛있다. 오늘 밤은 피자를 주문해서 거기에 술 한잔 곁들일까. 그런 생각을 하면 가슴이 조금 설레지 않는가. 전화로 주문을 하면, 누군가가 나를 위해 피자를 구워서 집까지 어기영차 가져다주는 것이다. 지금 시대에 '어기영차'는 아니겠지만, 그렇게 생각하자는 거다. 그렇게 생각하는 편이 맛있을 것 같지 않은가. 언젠가는 자신의 가게를 갖겠다는 큰 뜻을 품은, 시골 출신의 말주변이 없고 성실한 청년이, 열심히 땀 흘려가며 솜씨를 발휘해서 밀가루를 반죽하고 밀고 여러 가지 토핑과 치즈를 자르고 올려서 구워준다고 생각하는 편이 피자가 더 맛있어지지 않을까. 시골에서는 외아들의 도시 생활을 걱정하는 어머니가, 돋보기를 끼고 편지를 쓰고 계신다. 요즘은 늘 허리가 아프다. 플라스틱 등유 통이 무겁다. 눈이 많이 왔다. 밤이 길다. 아버지는 일찍 돌아가셨고. 피자 한 판 뒤에는 어느 늙은 여자의 인생이 담겨 있는지도 모르지 않은가. 좀 더 상상력을 동원하라고, 당신. 왜 요즘 손님들은 음식을 보고 심심하다느니, 맛이 없다느니, 어디가 더 맛있다느니, 원료가 뭐라느니 하며 학자처럼 말하는 걸까. 음식이 맛있어지도록 생각하면 되는 것 아닌가. 내 쪽에서 먼저 맛있게 먹고자 다가갈 생각은 왜 안 하는가. 먹는다는 건 당신 자신의 문제 아닌가. 왜 남 일처럼 그렇게 간단하게 평가해버리는가. 당신, 상상력이라고. 아, 당신이 아니고 나. 대체 뭐하는 사람이냐.

피자를 주문할 때는 꼭 콜라도 주문했으면 한다. 소바 전문점에서 포장 주문을 할 때 음료 같은 걸 주문하면 엄청나게 비싸다. 하지만 배달 피자는 원래 가격과 같거나 기껏해야 10엔 정도 비쌀 뿐이다. 겨우 10엔에 무거운 페트병을 어기영차 들고 오다니, 고학생도 아니고…. 그러지 말자. 콜라로 추억의 '코크하이'를 만들겠다는 속셈이다. 최근에 하이볼이 엄청나게 유행하고 있지만, 그런 추하이 대용과는 다르다. 어른의 코크하이다. 피자는 마르게리타로 했다. 무난해서 죄송. 토마토를 좋아하다보니.

피자는 이내 도착한다. 상자를 열 때의 향기가 도저히 참기 힘들다. 구운 치즈 냄새에 위가 위액을 흘리며 솟아오른다. 정말이야? 피자를 향하는 손을 잠시 멈추고, 컵에 얼음을 넣고 조금 비싼 위스키를 붓는다. 어른이니까. 난 그 고급스러운 산토리 위스키 '야마자키'! 오우, 괜찮나? 가슴이 뛰기 시작한다. 거기에 콜라를 쿨렁쿨렁 붓는다. 옅은 맛의 코크하이. '에이~ 비싼 술을 아깝게' 하는 마음의 소리를 무시하는 전율. 하지만 말이죠, 이게 또 향이 아주 좋답니다. 산토리 위스키 '가쿠'로는 낼 수 없는 향기죠. 마셔보면 콜라의 단맛이 위스키로 열어지면서, 어른, 실로 어른의 맛이 나죠. 갑자기 '~죠' 풍년. 그리고 맛도 보지 않고 피자에 타바스코*를 듬뿍듬뿍 뿌리는 무신경한 나. 하지만 이 타바스코의 시큼한 향기와 피자의 구운 치즈 향기가 섞이면 환상. 쓰고 있는 지금도 침이 나올 것 같다. 도저히 못 참겠다. 얼른 뾰족한 부분부터 덥석 베어 문다. …으음~ 맛있다! 최고. 치즈가 쭈욱 늘어나는 것도 즐겁다. 코크하이의 달콤함이 치즈와 어울린다. 토마토의 산미에도 어울린다. 뜨거운 피자에 차가운 코크하이가 환상의 콤비.

가게에서 지금도 열심히 일하고 있는 말주변 없는 청년에게 텔레파시를 보내자. 고마워, 최고로 맛있어. 빨리 돈을 모아서 독

---

* 고추로 만든 매운 소스.

일단 한잔,
안주는 이걸로 하시죠

열일곱.
배달 피자에 코크하이

립해. 가게를 내면 엽서 보내줘. 내가 이사를 했다면 트위터로 알려줘. 꼭 찾아갈 테니까. 건강 조심하고 힘내. 이런저런 망상의 나래를 펼치며 코크하이를 마시고 피자를 먹고 점점 취하다보면 가을밤도 깊어지니 이 얼마나 좋은가.

열여덟.

우동 나베에 탁주

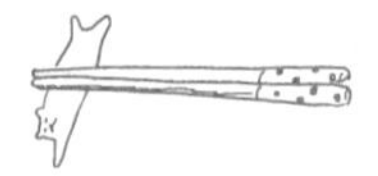

추워졌군. 나베에 한잔할까. 이 말은 아무리 들어도 들을 때마다 황홀하다. 초겨울의 찬바람 만세. 북풍 환영. 매서운 추위 최고. 서라, 서릿발. 퍼져라, 연못의 얼음. 웰컴 동장군. 우리에게는 나베가 있다. 질냄비를 꺼내자. 자그마한 질냄비. 오늘 밤은 혼자니까 큰 걸 꺼낼 필요가 없다. 냄비우동용도 좋다. 휴대용 버너도 꺼내자. 꺼내자니, 난 누구한테 말하고 있는 건가. 요즘 유행하는 '중얼거림'인가? 혼자 먹는 나베 요리? 그것도 좋지. 헤헤헤, 좋고말고. 어설픈 익살도 여기까지. 오늘 밤 안주는 우동 나베다.

우동은 미리 삶아서 소쿠리에 건져 물기를 빼둔다. 그리고 한 번에 먹을 만큼씩 냄비에 던져 넣고 따뜻해진 녀석을 건져서 후루룩후루룩 먹으며 한잔하겠다는 계획이다.

술은 햅쌀로 만든 탁주를 사왔다. 이게 참 맛있다. 뚜껑을 열면 살짝 거품이 인다. 귀를 기울이면 쏴아쏴아 뽀글뽀글 하고 말한다. 귀엽지 않은가. 마셔줘, 마셔줘, 하고 술의 요정이 떠들고 있는 것 같지 않은가. 누구 흉내를 내는 거냐, 난. 이처럼 술자리를 들뜨게 만드는 것이 겨울의 나베가 아닌가.

다시마를 깔고 물을 충분하게 넣은 후 니혼슈를 쪼르륵 붓는다. 거기에 얇게 썬 생강을 두 조각 넣는다. 냄비의 물이 끓기를 기다리는 동안에 파를 썰어두자, 잘게. 물이 끓으면 불을 약하게 줄이고 다시마를 건져낸 후 자른 우삼겹을 넣는다. 돼지고기도 좋지만 오늘은 소고기로 한다. 이걸로 준비 만반.

탁주를 밥공기에 그득 따른다. 밥공기에 마시는 것도 색다른 느낌이어서 좋다. 소박한 정취가 넘쳐나는 풍정이 된다. 산적의 술잔치다. 밥공기 가장자리에 이가 빠져 있으면 더욱 분위기가 넘친다. 덥수룩하게 수염을 기르고 너구리 모피로 만든 조끼라도 입고 싶어진다. 우와핫핫. 소고기가 곰고기로 보인다. 곰고기,

본 적은 없지만. 휴대용 버너가 나무꾼의 오두막에 있는 이로리*로 보인다. 조금 무리였나.

나베를 먹기 전에 먼저 술을 벌컥 마신다. 맛있다. 동장군이 하늘에서 "맛있나" 하고 묻는다. 말없이 고개를 끄덕이면 된다. 아니 무슨 망상증이냐. 여하튼 잘라둔 파를 종지에 넣고 간장을 붓는다. 그리고 사기숟가락으로 냄비의 국물을 조금 덜어 넣어 간장을 희석한다. 딱 좋다. 소쿠리의 우동을 한 젓가락 집어서 냄비에 투입한다. 상태를 지켜보다가 재빨리 건져 올려 종지의 간장에 담갔다가 후루룩 먹는다. 국물이 튀어도 좋다. 튄 국물이 운동복에 얼룩을 만들어도 좋다. 사소한 일에 신경 쓰지 말자, 산적 아닌가. 산적이 운동복 입고 있으면 불쾌하잖아! "맛있나." 동장군이 다시 묻는다. "맛있어…." 나는 냄비를 보면서 중얼거린다. 싱긋 웃고, 밥공기에 남은 탁주를 단숨에 들이켠다. 입술에서 흘러나온 탁주 방울이 목을 따라 운동복 속으로 들어간다. "아, 좋은 술이다." 나는 말한다. 바보냐. 그래, 바보다. 바보가 우동을 먹고 탁주를 들이켜고 혼잣말을 하고 있다. 그냥 봐줘, 내버려둬. 어이, 아무도 뭐라고 한 사람 없거든! 다시 우동을 한

---

* 실내 바닥을 사각형으로 파서 설치한 옛날식 화로.

으헤헤
몸이 따뜻해져!!
바보...

젓가락 두 젓가락 냄비에 넣고 살짝 저어주고 지켜보다가 종지에 덜어 먹는다. 뜨겁다. 뜨거운 우동이 입 속에서 간장과 뒤엉켜 잠시 몸부림치다가 배 속으로 떨어져간다. 강한 누룩 향기가 뒤쫓는다.

이번에는 국물을 많이 떠서 종지에 담아 마신다. 이 국물이 또 맛있다. 이미 소고기 육수가 우러났다. 깊은 맛이다. 이걸 안주로 삼을 수 있다. 고기의 기름이 국물 표면에 반짝인다. 이 기름이 또 우동 표면에 감겨 면이 윤기를 띠고 매끄럽게 넘어간다.

"맛있나." 동장군이 기쁜 듯 말한다. 바보 산적은, "몸이 따뜻해져" 하며 연신 이를 드러내고 웃는다. 몸 깊숙한 곳부터 손끝까지 우동의 열기가 천천히 전해진다. 취기도 그 뒤를 따라 전해진다. 탁주가 거침없이 넘어간다.

고기를 건져 파 간장에 찍어 입에 넣는다. 고기의 부드러움과 파의 아삭아삭한 감촉이 입 속에서 섞인다. 샤브샤브보다 야성적으로 맛있다. 다시 탁주를 밥공기에 그득 붓는다. 거품 따위 일일이 걷어내지 않는다. 급하게 취기가 돌기 시작한다. 불을 줄인다. 천천히 마시자. 이런 밤에는 텔레비전을 켜지 않고 라디오를 나지막하게 틀어놓고 마시자. 중간중간에 교통정보가 나오는 평범한 방송이 좋다. 괘종시계도 있으면 좋다. 하지만 없잖아!

오늘 밤에는 형광등을 끄고 램프를 켜고 마실까. 그것도 없잖아!

문득 생각이 나서 냉장고에서 두반장을 가져온다. 간장 종지에 조금 섞는다. 고추의 향기가 감돌고, 우동은 다시 다른 매력을 발산한다. 겨울 술자리의 나베는 계속해서 이어진다. 혼자라도 외로울 리가 없다.

열아홉.

내장꼬치구이에 우롱하이

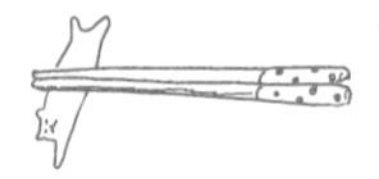

보리소주의 대표 '이이치코'로 만든 우롱하이*는 참 맛있죠. 은은한 단맛이 있고 담백해서. 무심코 과음하게 되어버리지만. 오늘 밤은 내장꼬치구이를 잔뜩 사서 그걸 안주로 이 우롱하이를 실컷 마시겠다는 계획. 밥이나 면은 먹지 않는다. 차분하게 블루스 술로 가자.

어렸을 적 야마나시현의 숙모님 댁에 가면 반드시 간식으로

---

* 소주에 우롱차를 섞어 만든 알코올 음료.

닭꼬치구이를 배달시켜주셨다. 닭꼬치라고 했지만 나중에 생각해보니 닭이 아닌 돼지의 내장이었다. 지금 생각해보면 어느 부위였을까. 쫄깃쫄깃했으니까 볼살이나 염통이 아니었을까. 한 가지 종류였고 전부 양념구이였다. 고기가 작아서 어린애도 날름 한 꼬치를 먹을 수 있었다. 전화로 주문하면 구워서 가져다준다. 커다란 접시에 수북했으니 50개 정도. 당시는 숙모님도 가난했으니까 값이 쌌던 내장구이였음이 분명하다. 그 꼬치를 나와 남동생, 그리고 그 집의 아이들과 어른들이 함께 먹었다.

어른들은 가끔씩 집어먹는 정도였지만, 아이들은 정색하고 경쟁하듯 먹었다. 한 명이 15개인가 20개 정도. 양념도 담백해서 먹기 좋았다고 기억한다. 그 가게는 내가 중학생 때 폐점했는데 '지도리'라는 이름이었다. 오후에 지도리 앞을 지나가면 작은 가게 안에서는 가족이 총출동해서 꼬치에 고기를 끼우고 있었다. 앞문을 활짝 열어두어서 그 모습이 그대로 보였다. 에어컨 같은 건 백화점에나 있던 1960년대였다.

그런 경험은 크다. 지금도 닭꼬치는 고기가 작은 것을 좋아한다. 혀, 염통, 간, 닭똥집. 각 두 개씩 소금구이로. 그다음엔 물렁뼈, 대장, 직장, 파를 각 두 개씩 양념구이로. 총 16개. 많은 것 같지만 오늘 밤은 이걸로 저녁까지 먹는 것이니 괜찮다. 오늘 밤의 나는 육식인종이다.

고기꼬치는 사오지만 채소구이는 집에서 만든다. 이 부분이 포인트(라고 할 만한 건가). 피망꼬치구이. 이건 식감도 좋고 맛도 있다. 뜨거울 때 먹고 싶기 때문에 집에서 만든다. 꼬치에 끼우지 않고 간장을 발라 석쇠에 굽는다. 접시에 담아서 고기 양념에 찍어 먹어도 물론 맛있다. 양파도 맛있다. 식당 느낌이 나게 통썰기를 한다. 가지도 좋다. 세로로 네 등분하거나 비스듬하게 썰어서 석쇠구이. 그다음에 토마토. 이건 차갑게 해둔 토마토를 썰기만 하는 거라 간단하다. 그리고 냉두부. 두부 반 모에 다진 파와 즉석 가쓰오부시를 올리고, 여력이 있으면 생강을 갈아 올린 후 간장을 뿌리기만 하면 완성. 채소절임 대신에 락교를 꺼낼까. 어떻습니까. 평범하기 그지없지만 그래도 테이블에 늘어놓으면 꽤 화려하죠?

채소는 썰어서 접시에 랩을 씌워두고 먹을 때마다 한 종류씩 굽는다. 채소만 뜨겁다는 점이 제법 좋다. 피망이 구워지면 장소를 테이블로 옮겨서 본격적으로 마시는데, 오늘은 컴퓨터로 유튜브의 음악 동영상을 보면서 마시기로.

우롱차는 500㎖를 서너 병 사서 냉장고에 넣어두고 한 병씩 꺼내면 얼음도 필요 없다. 내장꼬치구이는 식어도 맛있다. 말은 그렇게 하지만, 가게에서 먹을 때와 비교하면 20퍼센트 정도 맛이 떨어지는 느낌이 드는 것은 왜일까. 역시 그 분위기라는 마법은 있는 걸까. 그렇게 쓴웃음을 지으면서 마시는 것이 차분하게 보인다. 남자는 차분한 게 좋다. 패배자 같은 느낌도 들지만, 패배감은 술을 맛있게 만든다. 패배자가 술 마시는 밤이다. 맞다, 오늘 밤은 블루스 술로 정했었지. 패배자에게 딱 맞는 분위기다.

1960~70년대의 블루스 동영상이 눈으로 먹는 안주. 먼저 라이트닝 홉킨스로 막을 열자. 라이트닝의 동영상을 볼 수 있다니 요즘 사람들은 행복하다. 진짜 불량배 같은 고약한 얼굴이 최고다. 12소절의 정형을 무시하고 연주해서 뒤쪽 뮤지션들은 꽤나 힘들었을 것이다. 갑자기 "헷헷헷" 하고 웃기도 하고, 앉아 있다가 갑자기 두 다리를 버둥거리기도 하고, 의미 불명의 동작이 재밌어서 웃게 된다. 일거수일투족에 눈을 뗄 수 없다. 내장꼬치구이가 점점 맛있어진다. 다음은 소니 보이 윌리엄슨. 이 천재적인 블루스 하모니카 연주가는 앞니가 절반 정도밖에 없다. 연주하는 동안에 손을 떼더니 입 속에 하모니카 절반을 넣은 채 불고 있다. 대단하기는 한데, 조금 더럽다. 하모니카가 침범벅이다. 소니 테리 & 브라우니 맥기. 거의 오사카 아재의 만담 콤비 수준. 엉뚱한 부분에서 전혀 의미를 알 수 없는 "히야~"를 외친다. 웃

을 수밖에 없다.

그렇다, 블루스는 웃긴 음악이다. 완전히 망가져서 더 이상 구원의 길이 없는 궁지에 몰렸을 때 표출하는 패배자의 괴성, 발버둥의 해학이다. 그렇기 때문에 더욱 웃을 수밖에 없는 멋짐이다. 소리만 듣고 있으면 이 멋짐을 알기 어렵다. 웃으면서 즐길 수 있게 되면, 이미 흑인 블루스의 포로다. 에릭 클랩튼의 블루스로는 도저히 채워지지 않는다. 일렉트릭 기타로 블루스를 연주하는 프레디 킹 같은 자를 보라. 완전히 도로공사 중 휴식을 취하고 있는 땀범벅의 아저씨다. 추하이가 이만큼 어울리는 얼굴은 없다. 식은 내장꼬치 그 자체 같은 얼굴이다. 너무 재밌다. 락교로 입 안에 청량한 바람을 불어넣자. 우롱하이에 향하는 손을 멈출 수가 없다. 차가운 토마토에서 풋내가 난다. 냉두부가 부드럽다. 채소를 굽기 위해 중간중간 주방에 간다. 이 악센트가 좋다. 살짝 새로운 기분으로 다시 마신다. 패배자의 웃는 술, 블루스 술에 밤이 차분하게 깊어간다.

스물.
참치 토스트에 미즈와리*

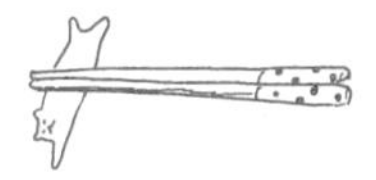

가을도 깊어졌으니 가끔 위스키 미즈와리라도 마시지 않겠는가.

가을에는 왠지 미즈와리가 어울린다. 가을의 길고 긴 밤, 독서의 가을, 예술의 가을, 가을 깊은데 이웃은 무얼 하는 사람이려나.** 여름의 체육대회 같던 분위기에서 완전히 문화적인 분위기로 바뀐 계절감이, 어딘가 조용하고 지적인 느낌의 미즈와리와

---

* 위스키나 소주 등의 증류주에 물을 섞어 만든 음료.

** 하이쿠의 대가인 마쓰오 바쇼의 한 문장.

닮았기 때문일까.

혼자 미즈와리를 기울이면 어울리지 않게 멋이 느껴지지 않는가. 책상에서 책이라도 읽으며 천천히 마시는 미즈와리. 분진 흉내라도 낼 생각인가, 난. 앗! '문인 흉내'라고 쓰려고 했는데 키보드를 잘못 눌렀다. 분진粉塵이라니! 지금 내 모습에 딱 맞지 않은가. 어차피 티끌 같은 인간이다. 나 같은 사람이 가는 싸구려 술집을 사람들은 '분진 바'라고 부른다.

미즈와리를 만드는 위스키는 결코 비싼 것이 아니다. 내가 좋아하는 것은 산토리 '올드' 미즈와리. '가쿠'보다 훨씬 좋다. 학생 시절에는 비싼 술이었지만. 요즘의 학생들은 비싼 버번을 마시거나 가쿠로 만든 하이볼에 레몬을 넣어서 마시기도 한다. 술맛도 모를 텐데, 하는 건 케케묵은 아재의 생각.

오늘 밤의 미즈와리 안주는 토스트샌드위치로 하자. 토스트샌드위치는 막 구운 것도 고소하고 맛있지만, 식어서 빵 표면이 눅눅해진 것도 또 다른 맛이 있다. 내가 좋아하는 것은 참치 샌드위치. 통조림 참치에 잘게 다진 양파를 넣고 검은 후추와 소금을 가볍게 뿌린 후 마요네즈와 버무리면 준비 완료.

두툼한 식빵 두 장을, 누르스름하게 구워 한쪽 면에 버터를 바른다. 식빵 한 장에 참치를 넉넉하게 깔고 버터를 발라둔 쪽이 안으로 가도록 덮는다. 위에서 살짝 눌러준다. 그리고 먹기 편하도록 칼로 열십자 모양으로 잘라 네 등분한다. 가로로 세 등분도 괜찮다. 접시에 담는다. 이때 피클을 곁들이면 레벨이 확 올라간다. 그런 느낌이 든다. 이걸로 완성이지만, 이 원고는 술을 마시며 식사도 해결하는 것이 콘셉트다보니 식빵 두 쪽은 역시 부족하다. 식빵 한 쪽을 더해 다른 참치 토스트를 만들자.

이번에도 참치 마요네즈를 사용하지만, 굽지 않은 빵에 버터 대신 머스터드를 얇게 바르고 슬라이스 치즈를 깔고 그 위에 참치 마요네즈를 올리고, 그다음에 굽는다. 마요네즈가 구워져 맛있다. 치즈도 녹아서 더 맛있다. 이건 만든 즉시 뜨거울 때 먹을수록 맛있다. 그래서 먼저 이것을 안주로 식탁에서 350*ml* 맥주 한 캔을 마신 후, 뒷정리를 하고 만들어둔 토스트샌드위치를 들고 서재로 가는 것도 좋다. 마호가니 원목 책상은 내게 어울리지 않을 정도로 넓지만 휑하니 거무스름하게 빛나고 있어서, 주인보다 호박색으로 빛나는 위스키잔이 더 어울린다.

뭐가 '빛나고 있고,' '어울린다'는 거냐! 서재가 어디 있다고! 마호가니 책상 따위 있을 리가 없잖아! 언제 봐도 필요 없는 것들이 산더미처럼 쌓여 있어서 미즈와리고 토스트고 놓을 공간도 없잖아! 그러니까 그게, 그런 로망이 있다는 거지. 남자의 로망. 하하하…. 뭐야 그게? 한심하긴. 분열증인가? 조현병인가? 분명히 말해서 그림 그리는 사람들은 그런 경향이 있죠. 이런, 그림 그리는 사람이란 핑계를 대버렸군. 차분하게 먹으려고 해도 자꾸 잘난 척을 하게 되는 몹쓸 병. 참치 토스트에 맥주를 마신 탓에 토스트샌드위치를 곧바로 먹을 수는 없다. 랩을 씌워둬도 괜찮지.

먼저 믹스너트나 치즈를 안주 삼아 미즈와리를 마시자. 믹스너트는 피스타치오가 들어 있는 게 좋다. 껍질이 붙어 있는 견과류가 꼭 있었으면 한다. 껍질을 벗기는 그 과정이 술을 마실 때는 괜찮은 악센트가 된다. 네, 어린애 같은 아저씨입니다. 가끔가다 엄청 딱딱한 껍질이 있다. 손으로 깰 수 없어서 무심코 껍질 채 입 속에 넣고 어금니로 깨물어보기도 하지만 깨지지 않는다. 하지만 포기하기는 분하니까 주위를 두리번두리번 둘러보며 이걸 깨뜨릴 만한 것을 찾는다. 책상에 깨지지 않는 피스타치오를 올리고 매직펜을 쥔 후 망치를 두드리듯 바닥을 이용해 내리친다. 깨지지 않는다. 아까 분명히 깨지지 않았는데도 멍청하게 다시 한번 어금니로 깨물어본다. 깨질 리가 없다. 침이 묻어서 축축해진 피스타치오를 손가락으로 입에서 꺼내는 한심함. 결국

진짜 망치를 꺼내러 일어난다. 뭐하는 거냐. 피스타치오 한 알에 휘둘리고 있는 나. 남자란 하여간. 하지만 술 마시는 시간을 중단하고 피스타치오 한 알에 많은 시간을 소비하는 것이 좋다. 어차피 술을 마실 뿐이다, 애초부터 무의미한 시간이다.

옛날에 읽었던 책(가벼운 책. 에세이 같은 것)을 다시 읽으면서, 미즈와리 두세 잔을 마시면 이미 귀찮아져서 책을 덮는다. 심심해서 책상 위의 컴퓨터를 켜버린다. 친구들의 블로그를 보거나 트위터에 올라온 아무래도 상관없는 주절거림을 읽는다. 이런 짓을 하면서 혼자 술을 마시는 사람들도 많겠지, 요즘은.

그러는 동안 배가 조금 출출해진다. 그래, 조금 탄 빵이 식어서 눅눅해졌지만, 그래도 맛있다. 참치 속 양파의 식감이 미미하나마 느껴져서 반갑다. 그다음에 마시는 미즈와리가 또 이상하게 맛있다, 이상하게. 책상 위는 미즈와리 컵 표면의 물방울이 떨어져서 축축하다. 얼음 통 따위 없으니, 컵의 얼음이 녹을 때마다 일일이 주방의 냉장고까지 간다. 의외로 바쁘다, 기나긴 가을밤에 미즈와리를 마시며 독서를 하는 일도. 하지만 그게 한심하기도 하고 즐겁기도 하다.

스물하나.

포장 스시에 녹차와리

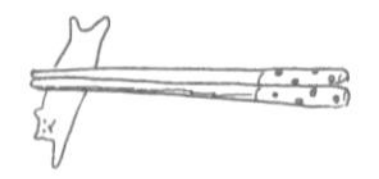

요즘은 팩에 포장된 1인용 니기리즈시*도 판다. 하지만 혼자서 저녁으로 먹으려고 사는 일은 없다. 어차피 스시를 먹을 거라면 스시 전문점에서 방금 만든 것을 먹고 싶다. 싸구려 회전 스시집이라도 말이다. 하지만 그건 미숙한 내가 포장 스시의 즐거움을 알지 못했을 따름이다. 그 사실을 깨닫게 된 나는 오늘 밤 니기리즈시를 한 팩 사서 안주 삼아 술을 마시기로 했다.

---

* 한 입 크기의 초밥에 신선한 어패류 살을 얹어 내는 스시.

재빨리 근처의 대형 슈퍼마켓에 가서 그리 비싸지 않은 팩을 샀다. 8개에 680엔. 다른 도시락에 비하면 싼 편은 아니지만, 스시 전문점과 비교하면 경이롭게 싸다. 하지만 이것만으로 저녁을 해결하려니 역시 허전하다. 그런 기분이 든다. 그렇지만 여기에 마키즈시* 같은 걸 더하면 탄수화물이 너무 많아져 건강에 좋지 않다. 대사증후군이다. 중성지방이다. 또 배가 나온다. 어떤 식으로 이 허전함을 채울까. 반찬 매장을 돌아다녔습니다, 팔짱을 끼고. 분명 심각한 표정을 짓고. 해산물튀김을 하나 살까. 먼저 고로케 같은 것에 맥주 한 잔을 하고, 그다음에 스시로 바꿀까. 잠깐, 튀김은 아니지. 그다음에 스시를 먹겠다면. 그렇다고 냉두부 같은 건 스시와 같이 먹기에는 조금 춥다. 그래서 생각해낸 것이 미소시루로 도망가는 방법.

원래 안주로 미소시루를 좋아한다. 수분도 섭취할 수 있어서 천천히 취한다. 건더기를 무엇으로 할까 고민한 끝에 낫토시루로 결정했다. 내 경우에는 미소시루를 만든 후에 따로 간장을 섞은 낫토를 넣기만 하는 간단 요리. 미소시루에는 두부, 미역, 파의 기본적인 재료만 넣는다. 미소와 두부와 낫토의 원료는 전부

---

* 초밥 속에 재료를 넣고 김으로 감싼 스시.

대두. 거기에 잘게 썬 유부까지 더하면 완전히 확인 사살이다. 맛이 없을 수가 없다.

함께할 술은 이이치코의 녹차와리. 뜨겁게. 찻잎을 일일이 찻주전자에 넣어 제대로 우린다. 이래야 맛있다. 다도를 하는 기분. 찻물의 온도에 심혈을 기울이는 오다 노부나가*가 된 기분. 뭔 소리야. 테이블 의자 위에 책상다리를 하고 앉아서 전기포트 스위치나 누르고 있는 주제에. 고즈넉한 아름다움, 제로.

이제 포장 스시의 내용. 앞줄 왼쪽부터 참치 붉은 살, (삶은)문어, 붕장어, 달걀. 뒷줄 왼쪽부터, (삶은)새우, 오징어(오징어의 종류는 불명), 참치(아마 뱃살이라고 하고 싶겠지. 앞줄의 붉은 살보다 아주 약간 핑크색. 하지만 거의 같은 색), 흰 살 생선(생선의 종류는 불명). …꼼꼼하게 들여다보니 재료에 뭔가 모호한 부분이 몇 개 보여 약간 불안해진다. 하지만, 사내란 모름지기 그런 사소한 것에 왈가왈부하지 않는 법. 다 덤벼. 훗(영화감독 구로사와 아키라의 페르소나 미후네 도시로 느낌)! 그다음엔 용기 구석에 갇힌 것처럼 초생강이 찌그러져 있다. 모처럼 먹는 거니 그래도 접시에 옮겨 담을까. 너무 작은 접시는 애써 옮긴 보람이 없으니까 조금 큰 걸로.

---

* 센고쿠 시대에 전국통일을 이루고자 활약했던 인물. 다도(茶道)에 깊은 관심을 보였다.

하고 찾아봤지만 카레 접시밖에 없어서 올렸더니 스시가 기울어져 서로 닿기도 하고. 초생강이 너무 적다. 그래, 냉장고에서 '이와시타의 신생강'을 꺼내 어슷썰기 해서 잔뜩 올리자. 요 녀석이 여러 가지로 쓸모가 있다. 낫토시루는 처음부터 먹지 않고 도중에 도입하는 것이 술자리에 변화를 줘서 좋을 듯하다.

이제 무엇부터 먹을까가 문제인데, 난 이 포진을 보고 앞줄 왼쪽부터 오른쪽으로 먹기로 했다. 담긴 순서대로 먹어 마지막에 뒷줄 오른쪽 끝에서 끝낸다, 하는 시나리오를 썼다. 먼저 녹차와리로 입을 적시고 첫 번째로 참치 붉은 살. 자못 스시, 응응 스시 스시, 하고 진지하게 시작한다. 좋은 출발이다. 다음은 문어. 이는 쫄깃한 식감이 느껴져 변화를 즐길 수 있다. 스시가 입 안에 머무는 시간도 참치보다 길다. "음~, 응응, 그래그래, 문어다 문어. 이 느낌이지" 하는 느낌. 세 번째가 붕장어로, 여기서 양념이 있는 것으로 변화를 준다. 전반전의 하이라이트랄까. 그다음은 달걀로 중반전 돌입. 어렸을 때는 달걀밖에 먹지 못했다. 나도 어른이 되었구나, 하며 회상 장면이 머릿속에 떠오른다.

여기서 낫토시루를 등장시킨다. 뜨거운 국물이 반갑다. 사실, 녹차와리도 따뜻하지만. 낫토시루는 냄새도 점성도 있는 개성파 국물이지만, 스시와 싸우지 않는다. 상냥하고 너글너글한 국물. 무나 양배추가 들어간 미소시루였다면 스시가 조금 삐질 것 같다. "최소한 바지락이나 파래 미소시루로 해, 바다의 동료로" 하고 항의할 것 같다. 이 낫토시루만으로 녹차와리 한 잔을 마실 수 있다. 게다가 국물 음식은 배 속을 편안하게 한다.

후반전은 조금 취기가 오르니까. 이와시타의 신생강으로 입 안을 새롭게. 그렇게 하면 새우도 그런대로 맛있다. 추억의 느낌으로. 오징어도 "뭐 이런 맛이지. 앗, 고추냉이가 코를 찔렀다! 쿵" 하는 흐름으로. '그런대로'나, '이런 맛' 등, 그다지 명확하지 않은 감상이 이어진다. 마지막 직전의 뱃살(미심쩍다)이 메인. 역시 스시의 왕은 뱃살이다, 하고 취기에 분위기가 고조된다. 취기를 빌려 고조되는 680엔. 마지막의 흰 살 생선이 에필로그. 후일담 같은 느낌. '하지만 여전히 수수께끼는 남아 있다.' 속편을 암시하는 느낌의 마무리 방식이 떨떠름하다. 조금 난처하다. 하지만 이 뒤에도 생강과 낫토시루가 있으면 얼마든지 술을 마실 수 있다. 낫토시루 세 그릇째부터 고추기름을 넣어주면 갑자기 국물이 되살아나 빛난다. 또 과음할 듯하다.

2부 ◦ 오늘 밤도 혼자, 술집에서

"알코올로 목을 적시고
가시 돋친 신경을 어루만져 재우고 싶다.
이런 날엔 어김없이 술집으로 향한다."

하나.
야구 아재

오랜만에 미타카의 술집 '에찬栄ちゃん.' 니코미*의 깊은 맛에서 주인의 성실함이 느껴지는 곳이다. 옆에 앉은 쉰 살 정도의 남자. 거나하게 취해서 얼굴이 시뻘겋다. 큰 목소리로 주인과 프로야구 이야기를 하고 있다. 실컷 떠든 후에 담배에 불을 붙여 한 모금 내뱉고는 말했다.

"난 말이지 항상 대단하다고 생각하는 게, 텔레비전 야구 해

---

* 국물을 넉넉하게 부어 오랜 시간 푹 끓이는 요리.

설가야. 응. 내가 하려던 말을 먼저 하거든. 늘. 미치겠다니까. 그거, 내가 방금 생각했던 건데. 어떻게 아는 거야? 싶다니까. 정말 감탄스러워. 천리안 같아."

신기하다는 듯 계속 고개를 갸웃거리고 있다. 뭔가 어린애 같기도 하지만, 엄청나게 아재 같기도 하다. 뭐랄까, 술집의 야구 아재. 야구를 이야기하면서 뭔가 다른 것을 발산한다. 천리안이라는 말도 오랜만에 들었다. 그러자 주인 왈,

"○○ 씨, 그러면 야구 해설가가 됐으면 좋았을 텐데(웃음)."

상냥한 대처법이다. 그래서 생각났다. 음악 동료이자 술 동료인 와카. 요미우리 자이언츠 감독인 하라 다쓰노리가 현역 선수로 뛰던 시절의 이야기다. 술집에서 와카와 함께 텔레비전의 야간경기를 건성건성 보고 있는데, 4번 타자 하라가 찬스에서 타석에 섰다. 그런데 한가운데로 오는 절호의 공을 놓쳤다. 그 순간 와카는 테이블을 치며,

"앗! 멍청이! 뭐하는 거야. 지금 공은 내가 하라였다면 홈런이라고!"

순간의 침묵 후 카운터석의 손님 모두가 폭소했다. '내가 하라였다면'이라니, 엄청난 사고방식이다. 죄송, 너무 옛날얘기였다. 하라의 현역 시절이면 수십 년 전이다. 나는 하라와 같은 나이

다. 하지만 그런 옛날이야기를 하는 아재는 술집에 꼭 있다. 아니, 취하면 옛날이야기만 해대는 아재도 많다. 젊은 사람들이 싫어하는 것도 당연하다.

요전에 오랜만에 그런 야구 아재를 만났다. 그 아재는 혼자 온 듯했다. 그 술집에서 우연히 카운터석 옆자리에 앉게 된 듯한 서른 살 정도의 얌전해 보이는 남자 손님과 이야기에 빠져 있다. 이야기에 빠져 있는 것이 아니라, 얌전한 손님이 야구 아재에게 붙잡혀 있는 것이다. 비극이다. 야구 아재는 꽤나 술이 올라서 커다란 목소리로, '내가 보기엔'을 연발한다. 내가 보기엔 작전이 나빠, 내가 보기엔 감독이 문제야, 내가 보기엔 구단의 체질이 문제야, 하며 '내가 보기엔'을 남발한다. 내가 왔을 때는 이미 꽤나 마신 듯했다. 이런 야구 아재의 패턴은, 응원하는 구단의 현 상황, 지금의 자이언츠 비판으로 이어지고 마지막에는 지금의 야구는 재미가 없다는 전개를 통해 옛날이야기로 옮겨간다. 게다가 이 남자는 자이언츠의 비뚤어진 팬. 안티 자이언츠도 좋지 않지만, 자이언츠 팬이면서 꼬인 자도 감당할 수 없다.

"자네는 모르겠지만, 자이언트가 9년 연속 우승했을 때는…."

그 말이 나온 순간 마음속으로 '그만 집에나 가' 하고 외쳤다.

대체 언제적 얘기인가. 속마음은 지금 자이언츠가 이기지 못해서 기분이 나쁜 것이다. 유치원생. 게다가 옛날이야기가 나오면 독무대가 되기 때문에 대처하기가 어렵다.

"외야는 시바타와 다카다 둘이면 돼! 센터 따위 필요 없어! 그런 분위기였지."

추억 속에서 혼자 신이 났다. 이미 기분은 최고조.

"하리모토 따위 아무것도 못한다니까, 수비는. 그럼. 앞뒤로밖에 못 움직이잖아."

수십 년 전 이야기를 지금 일처럼 주절주절. 그러더니 마침내는 "후루타 따위가 뭘 잘난 척 떠들어대는 거냐고" 하고 거칠게 쏟아 낸다. 한층 더 큰 목소리로 "후루타 따위가, 제길 잘난 척은" 하고 다시 한번 말한 순간이었다. 카운터 안쪽에 있던 주인이 "잘난 척하는 건 당신이죠" 하고 나지막하게 한 방 먹인다. 순간 조용해진 야구 아재. 순식간에 찌그러진 새빨간 얼굴과 충혈된 눈이 카운터에서 묘하게 도드라진다. 붙잡혀 있던 남자가 곧바로, "여기, 계산해주세요" 하고 말한다. 이 순간을 오랫동안 기다렸을 것이다.

"아, 뭔가, 미안하네."

야구 아재는 작은 목소리로 남자에게 말한다. 바보는 아닌 것이다. 하지만 바보다. 대체 뭘까, 술집의 야구 아재. 그런 아재가 있는 술집 풍경도 머지않아 과거가 되겠지. 너그럽게 생각하자. …아니, 역시 싫다.

둘.

잠자는 시간을 아끼며 술을 마시는 사람들

오전 5시. 기치조지역 이노카시라센 철로 아래의 '다이시게大茂.' 5시까지 영업을 하는 술집도 이상하지만, 5시에 맨정신으로 술 마시러 가는 나도 정상은 아니다. 하지만 작업이 그 시간까지 이어진 탓에 신경은 흥분 상태였고 집에 돌아가기 전에 한잔하고 싶었다. 알코올로 목을 적시고 가시 돋친 신경을 어루만져 재우고 싶었다. 그럴 때 작업실 근처에 아침까지 하는 술집이 있으면 무심코 발이 향한다. 내가 택시 운전사냐? 얼른 집에 가서 자! 그렇게 술을 마시고 싶으면 집에 가서 마셔, 경기도 어려운 요즘에. 그렇게 말하는 자신도 있지만, 뭐랄까. 작업실에서 집까지 이동하는 동안에 그 어느 쪽도 아닌 공간에 잠시 있고 싶은 마음.

어렸을 때 하굣길에 반드시 들렀던 문구점이 있었다. 문구점에는 들어가지 않고 그 옆 유리창 너머의 프라모델을 보러 들르는 것이다. 거기에는 분명 갖고 싶은 프라모델도 있다. 하지만 사지도 않을 뿐더러 살 생각도 없다. 더구나 그곳에 진열된 프라모델 상자는 아주 어쩌다가 한 번씩 바뀔 뿐, 거의 그대로다. 그런데도 매일 친구와 그냥 그곳에 가서 프라모델 상자를 별생각 없이 바라보고, 수다를 떨며 집에 간다. 그와 비슷하다. 대체 난 몇 살이냐. 하지만 비슷하다. 지금 글을 쓰면서, 똑같다고 생각했다.

도쿄에는 나 같은 남자가 많은지, 5시에도 술집이 혼잡하니 도시는 무서운 곳이다. 아, 이 술집은 아침 5시에 문을 여는 것이 아니라 저녁부터 다음 날 아침 9시 정도까지 하는 곳이다. 문을 닫는 시간은 딱 회사원들의 출근 시간. 텔레비전에서는 아침 방송을 하고 있다. 아침에 가장 먼저 하는 뉴스를 보면 왠지 이익을 본 기분이 든다.

요전에는 카운터석에 앉아 맥주를 주문하자, 옆자리에 앉은 술 취한 낯선 손님이 "지금부터입니까?" 하고 물었다. 무슨 의미지. 난 지금 술집에 왔다고. 그럼 난 술 마시는 게 일인 사람? "아니요, 지금 끝났습니다" 하고 대답하자, "아, 그렇습니까. 고생 많으셨네요" 한다. 알아들은 걸까, 못 알아들은 걸까.

겨울의 5시는 아직 컴컴하다. 술을 마시고 있으면 스포츠신문이 들어온다. 내가 가게의 신문을 자주 읽는 것을 종업원이 알고 있어서, 배달된 신문을 그대로 내 옆에 슬쩍 놓아주기도 한다. 혼자인 탓에 반갑다. 아직 잉크 냄새가 가시지 않은 매끈매끈한 조간신문이다. 신문을 읽으면서 맥주를 마시고, 그다음에 소주 오유와리로 바꾸고 눈퉁멸을 주문한다. 기본 안주는 살짝 카레 맛이 나는 돼지고기감자조림 조금. 좋다.

그저께는 뒤쪽 테이블 자리에 젊은 남자 둘이 술을 마시고 있었다. 꽤 취한 듯 큰 목소리로 이야기를 하고 있었는데, 들리는 대화가 아무래도 서로 맞물리지가 않는다. 귀를 기울여 들어보니 전혀 대화가 되지 않는 것이다. 뭐지? 하는 생각에 슬쩍 돌아보니 두 사람 모두 휴대폰으로 누군가와 통화를 하고 있었다. 그 뒤로도 계속. 시시한 농담에 웃어가면서. 뭐, 그런 시대겠지만, 쓸쓸한 그들. 시시한 녀석들.

난 혼자지만 여러 가지로 즐겁다. '일찍 일어나면 뭐든 남는 게 있다'는 말이 있듯이, 첫 신문과 뉴스를 보면 왠지 이익을 본

끝내주게 술먹기 시간표

기분이다. 여러 가지 일을 하고 있어서 머리를 식히고 일정을 조정하는 것도 이곳이다. 그리고 이런 시간에 술집에 오면서 알게 된 것은, 세상에는 '잠자는 시간을 아끼며 술을 마시는 사람'이 많다는 것. 이 집의 단골인 서른 살 정도의 독신 남성이 오늘도 왔었는데, 그는 이곳에서 술을 마시고 귀가해서 겨우 두 시간 반을 자고 다시 일어나 일을 하러 간다고 한다. 일주일에 6일을. 그런데도 "이곳에 들르지 않으면 즐거움이 없지 않습니까" 한다. 기분은 이해한다. 나도 마찬가지다. 하지만 난 최소 여섯 시간은 잔다고. 또 다른 손님은 거의 매일 밤 2차, 3차 돌아다니다가 마지막으로 이곳에 와서 첫차로 귀가한다고 한다. 밤새 술집을 돌아다니는 것이다. 왜 1차로 끝내지 못하는 걸까. 마음은 이해하지만, 이 정도면 술을 마시기 위해 일을 하고 있는 듯하다. 잠자는 시간을 아끼며 술을 마시고 있다. 정말이지 고생이 많다. 야심한 시간에 이곳에서 보게 되는 또 한 사람은 사십 대 후반의 학원 강사다. 프랑스어도 능숙한 인텔리인데, 역시 술을 마실 때는 혼자서 여러 술집을 돌아다닌다. 새벽 4시가 넘으면 마지막인 이 술집을 나와 주오센 선로를 따라 집 쪽으로 걷다가 전철이 운행하기 시작한 역에서 그 전철을 타고 집이 있는 다치카와까지 간다고 한다. 이곳에서 그냥 첫차를 기다리면 될 텐데. 술 취한 소풍. 돈과 체력을 소비해가며 수면 시간을 줄이고 있다. 술이란 대체 뭘까. 그다음에는 반대로, 주문을 하고 잠깐 술을 마신 후에 곧바로 잠을 자는 손님도 있다. 매번. 숙면. 그 사람이야말로 자신의 이불에서 자는 편이 훨씬 피로가 풀릴 텐데. 프리랜서라서 진심으로 다행인 것은 실컷 늦잠을 잘 수 있다는 점이다. 나는 수면 시간을 아껴가며 술을 마시지는 않는다, 라는 말을 하고 싶은 건가. 그래서 밤이면 밤마다 술을 마시는 건가. 잠도 자지 않고 마셔대는 자들과 다를 게 없지 않은가. 어리석은 인간이다.

※ '다이시게'는 현재 철로 아래에서 이전했으며, 기본적으로는 새벽 2시 정도까지 영업한다.

셋.

와인 바의 숙녀들

와인 이름이나 가격 같은 건 전혀 모르지만 '안도アンドゥ'라고 하는, 자주 가는 와인 바가 있다. 와인 바는 사실 거기밖에 모르지만. 이전 작업실 근처의 건물에서 마침 개점을 했고 당초에는 새벽 4시까지 영업을 했기 때문에 귀갓길에 가볍게 한잔하기에 딱 좋았다. 주인의 음악 취향과 내 음악 취향이 같다는 점도 단골이 된 큰 이유였다. 좋아하는 음악을 들으면서 맥주 한 잔과 와인 두 잔 정도를 마시고 집에 간다. 무척이나 세련된 느낌이지만, 사실은 그냥 술 마시는 남자.

거기서 만화 같은 광경과 조우했다. 그 밤은 나로서는 이른 시간인 12시 전이었고 카운터석에서 혼자 술을 마시고 있었다. 그러자 "아직 괜찮겠지?" 하며, 어떤 모임을 마치고난 듯한, 아주머니 두 분이 들어왔다. 아주머니라고 하면 실례려나. 부인이라고 하자. 둘 다 고가의 브랜드로 보이는 옷을 입고 있었고, 머리는 갈색으로 염색했다. 오십 대 초반 정도일까. 조금 취했는지 목소리가 살짝 크다. 두 사람은 메뉴를 보면서 한동안 재잘재잘 수다를 떨더니, 그중 한 명이 마스터에게 말했다.

"바텐더, 저기, 와인을 주문하고 싶은데요. 글라스로."

"네."

"어떤 것이 있을까요."

"레드와인과 화이트와인이 있습니다."

이 바텐더는 원래 이런 말투다. 악의는 없다.

"그러면 레드와인 주세요. 레드와인은 동맥경화에 좋죠?"

역시 나왔군, 하고 생각했다. 부인들은 이런 얘기를 엄청 좋아한다. 당시는 레드와인에 함유된 폴리페놀이 콜레스테롤의 산화를 방지한다는 게 화제가 되던 때였다. 그것을 '레드와인은 동맥경화에 좋다'고 단번에 생략. 아니, 단축. 하지만 바텐더는 컵을 닦으면서 진지한 얼굴로 응대하고 있다.

"그렇습니까?"

"그런가봐요."

"그런가요."

"내가 한 말이 아니라 텔레비전에서 미노 몬타*가 한 말이지만."

그러자 바텐더는 웃지도 않고, "미노 몬타가 한 말이라면 맞지 않겠습니까?" 한다. 이 시점에서 웃음을 터뜨릴 뻔했다. 내가 한 말이 아니라니. 미노 몬타가 텔레비전에서라니. 두 사람은 레드와인을 마시면서 품평회를 시작했다.

"어머, 마시기 편하고 맛있다."

"정말 그러네. 향기가, 으~음."

"바텐더, 이 와인은 어디 거죠?"

"오스트레일리아 와인입니다."

"어머 그래요? 와인은 전혀 몰라서요. 가을에 본조레 마시고는 처음이라."

나도 모르게 콧물이 나올 뻔했다. 본조레. 보졸레 누보가 록밴드 본조비와 섞인 건가. 부인들은 바텐더와 잠시 대화를 하고는, 기분이 풀어졌는지 수다도 더욱 꽃을 피운다.

---

* 일본의 방송인. 프리랜서 아나운서.

"하지만 본조레도 그쪽에서는 싸겠지."

"아무래도 그렇겠지."

"그, 뭐라고 하더라? 저기, 바텐더."

"아, 아닌데. 미안한데요, 와인을 골라주는 사람을 소무엘이라고 하죠?"

나는 무심코 웃음을 터뜨리고 말았다. 소무엘! 무슨 기업 이름 같다. 절대 지어낸 얘기가 아니다. 일부러 웃기려고 한 얘기가 아닐까 하는 생각마저 들었다. 바텐더는 슬쩍 웃으면서도 굳이 정정도 하지 않는다. 그 뒤로도 짚어주고 싶어지는 '건강에 좋다'는 이야기가 이어졌다. 보통은 이럴 때 옆에서 혼자 마시고 있으면 시끄러워서 꽤 스트레스가 쌓인다. 하지만 그날 밤은 부인들이 폭풍 같은 수다를 마치고 나가자마자, 마스터와 손님들이 얼굴을 마주하고 부인들의 이야기로 웃음꽃을 피웠던 것이다.

다른 사람들만 비웃으면 벌을 받을 수도 있으니, 우리 어머니의 실수담도 써볼까. 내가 아직 본가에 있었던 오래전 이야기지만. 어머니가 이전에 시민영화회 같은 곳에서 잭 니콜슨 주연의 〈뻐꾸기 둥지 위로 날아간 새〉를 보고 오셨다. 집에 오셔서는, "영화 참 좋았어, 〈뻐꾹 왈츠의 둥지를 넘어서〉." 그게 왜 그렇게 변한 걸까(대체 무슨 근거로).

넷.
과식하는 손님

기치조지에서 삼십 년 넘게 영업하고 있는 술집 '야미타로闇太郎'에서. 삼십 대 중반의 샐러리맨. 혼자 와서 카운터석에 앉더니 추하이와 야키소바를 주문한다. 그리고 '담배도 팝니까?' 하더니 세븐스타를 부탁했다. 주인이 담배를 꺼내주었는데 그 손님 앞에는 이미 다른 담배가 있었다.

남자는 "어? 담배 있습니다만."

주인은 "응? 방금 달라고 했잖아."

"어라? 이건 누구 담배지?"

"여하튼 필요 없는 거지?"

"잠깐만요. 내가 이걸 샀던가?"

"모르지요(웃음)."

"아, 죄송합니다. 착각했나봅니다."

그러더니 옆 손님에게 웃어보이고는, 이내 진지한 표정으로 주인에게 말한다.

"저, 제가 혼자 왔나요?"

"그게 무슨 말이야?"

"이런, 없는 사람에게 말을 했나봐요."

"술 많이 마셨나?"

"아니요, 그리 많이는. 이런, 뭘 먹어야겠군. 저기요, 꽁치구이 되나요? 그리고 니코미도."

"지금 손님이 주문한 야키소바 만들기 시작했는데. 거기에 꽁치랑 니코미도 먹겠다는 건가?"

"어? 야키소바?"

"취소할까? 꽁치와 니코미는?"

"네. …아니, 주세요."

"먹을 수 있겠어?"

"먹을 수 있습니다! 지금 배가 고프거든요."

결국 그는 야키소바와 꽁치소금구이와 니코미를 추하이 한 잔에 전부 먹어치웠지만, 막판에는 옆에서 보기에도 꽤 힘들어 보였다. 간신히 다 먹고 나자, "저기요, 물 한 잔 주시겠습니까?" 한다.

주인이 "너무 무리한 거 아닌가? 괜찮나?" 하자, 남자는 "괜찮습다. 단지, 아까 신주쿠에서 규슈라멘을 조금 먹고 와서." 이 말에는 나와, 다른 혼자 온 손님도 웃음을 터뜨려버렸다. 조금이 아니겠지. 이렇게 힘들게 취한 사람은 처음 봤다.

같은 술집에서의 다른 날. L자 모양의 카운터 각각 한 변에 혼자 온 남자와 여자가 있었고, 중간에 카운터 안의 주인을 끼고 대화를 하고 있었다. 난 나중에 갔기 때문에 긴 카운터의 바깥 끝에 자리를 잡았다. 남자 쪽이다. 둘 다 마흔 정도로 보이는 남자와 여자는 이곳에서 처음 만난 모양이지만, 취기 탓도 있었는지 이미 두 사람 모두 스스럼없는 말투였다.

"그래? 신기하군. 오징어회를 싫어하는 사람 처음 봤어, 이 집에서."

주인의 말에 여성 손님은, "도저히 못 먹겠어요. 맛있다고 느낀 적이 없어서. 입에 닿는 느낌이랄까" 하며 얼굴을 조금 찡그

렸다.

그러자 남자 손님이 "그건 당신이 맛있는 걸 못 먹어봐서 그래. 맛없는 건 흐물흐물하지만, 좋은 건 꼬들꼬들해서 맛있어."

여자, "아니. 회가 맛있기로 꽤 유명한 곳에서도 먹었지만, 맛이 없었어."

남자, "꼬들꼬들했어?"

여자, "꼬들꼬들하다고 할까, 그 뒤의 미끄덩한 느낌, 그게 도저히."

남자, "흐음. 그게 정말로 좋은 오징어였을까. 오징어에도 여러 종류가 있어. 정말로 꼬들꼬들한 건 끝내주지."

남성 손님은 어디까지나 '꼬들꼬들'에 집착한다.

주인, "그렇지. 그냥 오징어와 갑오징어는 모양도 맛도 전혀 다르니까."

여자, "대부분의 오징어가 다 실패였어요."

남자, "(불만스러운 듯) 흐음… 그러면, 그 꼴뚜기는 어때? 꼴뚜기회는?"

여자, "아, 꼴뚜기도 안 돼. 못 먹어. 버터구이라면 좀 먹을 수 있지만."

남자, "그건 아니지! 당신은 불쌍한 사람이야! 꼴뚜기회의 맛은 버터구이 따위와 비교가 안 돼! 그걸 모르다니 불행하군!"

불행까지 나올 일인가. 취하면 도량이 좁아지는 불행한 남자다.

다섯.
클럽 아가씨들의 대화

만화 원작을 간신히 끝내고 그림 콘티를 팩스로 보내고 나니, 이런~ 새벽 3시 반. 혼자서 근처 스시 술집인 '니혼이치반스시日本一番寿司'에 갔다. 카운터석에 앉자 옆에 젊은 여성 둘이 있다. 클럽에서 일을 마치고 돌아가는 길인 듯했다. 이른바 클럽 아가씨들이다. 두 사람은 이미 꽤 마신 듯 들떠 있었다. 그냥 앉아 있기만 해도 들리는 그녀들의 대화가 재밌어서, 술안주가 된다. 나도 모르게 수첩을 꺼내 메모를 했다. 지난주, 같은 가게에서 일하는 여성이 끝날 무렵 엉망진창으로 취해버렸던 모양이다.

"완전히 곤드레가 되어가지고 말이지, 종업원도 머리를 감싸 쥘 정도로 취해버렸어."

"그래서, 그래서?"

"화장실에서 나왔는데 보니까 팬티 속에 치마를 전부 넣어버린 거야."

"하하핫, 정말?"

"진짜라니까. 완전히 팬티스타킹 차림으로 나와서는."

"앗하하하!"

"그게 말이 되니?"

완전히 팬티스타킹. '완전히 팬티스타킹'이라는 단어만으로 소주 오유와리 세 잔은 마실 수 있다. 선물을 받은 기분.

한쪽 여성이 이전에 있었던 클럽의 점장 험담을 시작했고, "'자선사업이 아니라고!' 하길래, 곧바로 '나도 자원봉사자가 아니라고!' 하고 되받아쳤다"는 이야기도 재밌었다.

클럽 여성들 사이에는 의외로 미묘한 신경전이 있는 듯했다. 손님 쟁탈전이나 지명 횟수 경쟁도 하다보니 질투와 모함에 신경을 쓰게 되는 모양이다. 그 두 사람도 어딘가 상대방을 견제하는 느낌이 있었다.

말이 많은 여성 쪽이 조금 얌전한 여성에게, 조금 소리를 낮춘

채 꺼낸 이야기도 재밌었다.

"어제 들어온 신입 셋 있잖아."

"응응."

"걔네들 살짝 짜증나지 않아?"

좋군. 살짝 짜증. '짜증난다'고 단언하기 전에 상대방의 반응을 본다. 살짝 짜증은 이미 '꽤나' 짜증일 것이다. 상대 여성이 "응, 조금 그런 것도 같아" 하고 동의한다. 그러자 두 사람은 기다렸다는 듯이 그 세 사람이 왜 살짝 짜증인지에 대해 열띤 토론을 시작했다. 마지막에는 완전히 '요즘 신입'의 험담이었다.

말이 많은 쪽 여성은 다니는 가게를 그만두고 싶은 듯했는데, 아무래도 가게 쪽에서도 그만두길 원하는 모양이었다.

"괜히 빙빙 돌려서 근무 시간으로 괴롭히지 말고, 차라리 해고를 하라고!"

그 말을 듣고, 나도 모르게 오유와리를 추가해버렸다. 즐겁게 해줘서 고마워, 파이팅~ 하는 느낌.

클럽에서 소위 말하는 애프터라고 하나? 술집에서 남자 손님 혼자 기다리고 있으면 나중에 클럽 아가씨가 오는 패턴도 재밌다. 뾰난 표정으로 혼자 기다리던 남자에게 어떻게 봐도 클럽 아가씨인 듯한 여성이 다가간다. "미안해요, 오래 기다렸죠?" 하면,

남자의 얼굴이 갑자기 헤벌쭉해진다. 자신은 깨닫지 못하겠지만 주의해야 한다. 그리고 여성이 옆에 앉아서 남자에게 매달리는 듯한 자세로 메뉴를 들여다보며, "뭐 마실까?" 한마디 하면, 남자는 점점 더 헤벌쭉. 여러분 조심하시길. 나 같은 사람이 관찰하고 있답니다. 그런데 웃긴 것은, 무슨 이야기를 하나 듣고 있었더니, 다름 아닌 신혼여행으로 어디를 갈까 하는 이야기였다! 그 둘이서. 옆에서 봐도 절대로 있을 수 없는 일. 클럽 아가씨와 지명 손님의 애프터니까. 여성은 계속 핸드폰을 들여다보고 있고. 게다가 마지막에 자리에서 일어났을 때. 남자는 당연히 계산을 하고 "어떻게 가?" 하고 묻는다. 여성이 "어떻게 가긴, 택시밖에 없잖아" 하자, 남자는 "데려다줄게" 하며 취한 눈에 진지한 표정으로 조그맣게 말한다. 그러자 여성은, "괜찮아, 괜찮아. 아니, 친구 집에 전해줄 것도 있으니까" 하며 그 자리에서 바이바이. 심야 4시에 전해줄 물건이라는 변명으로 차인 남성, 얼간이다.

여섯.

출근하는 술집

예전에 아사쿠사의 '가미야 바神谷バー'에서 술을 마시던 때, 합석을 하게 된 백발의 할아버지가 말을 거셨다. 난 친구와 둘이었지만, 할아버지는 혼자서 마시고 계셨다. 이러저런 세상 돌아가는 이야기를 나누다가 내가 별생각 없이 물었다.

"이 근처에 사십니까?"

"아니요, 난 세타가야에 삽니다."

할아버지의 대답에 조금 의아한 생각이 들었다. 분명 아사쿠사에 사는 사람이라고 생각했던 것이다.

"직장이 이쪽이세요?" 하고 묻자, "아니요, 이미 은퇴했습니다. 예전 근무처는 사이타마였습니다" 하며 벌건 얼굴로 싱글벙글 대답하신다. 방향이 전혀 다르다. 출퇴근길에 지나가는 곳도 아니다.

"이곳은 말이죠, 손님들이 좋습니다."

"…."

"이곳에 와서 다른 손님들이 술 마시는 모습을 보면서 마시는 게 좋습니다."

"그렇군요…."

"그래서 난, 술을 마실 때는 이곳에 와서 마십니다."

"오~ 한 달에 몇 번 정도나 오십니까?"

"일주일에 세 번 정도입니다."

"우와!"

"다른 곳에서는 도저히 마시질 못하겠더군요."

"우와! 그런 것도 괜찮은데요."

생맥주잔 옆에 덴키브랜*이 담긴 잔이 둘. 하나는 비었다. 그 옆에는 물이 든 유리잔도. 안주는 새우 마카로니그라탱이었다.

---

* '가미야 바'의 창업자가 브랜디를 섞어 만든 칵테일 이름.

음주 명인의 영역인지도 모른다. 술을 마시지 않는 날은 집에서도 마시지 않는다. 마시는 날은 정해진 술집에서 혼자 마신다. 음주량도 대체로 정해져 있을 것이다. 멀고 먼 세타가야에서 도쿄 23구를 비스듬히 가로질러 아사쿠사까지 와서 마신다. 그것도 일주일에 세 번이라니, 과히 출근이라고 할 만하다.

확실히 '가미야 바'의 풍경은 나도 무척 좋아한다. 형광등이어서 술집치고는 흥이 깨질 만큼 밝은데도, 북적대는 손님들로 인해 그런 느낌이 들지 않는다. 과거 백화점의 커다란 식당 같은 분위기다. 연령층도 젊은 사람부터 어르신까지 다양하다. 할머니도 많다. 이렇게 나이 지긋한 부인들이 많은 술집도 보기 드물다. 물론 지역 특성도 있겠지만.

다른 날에 왔을 때는 옆에 할머니가 홀로 술을 마시고 계셨다. 그분도 음주 방식에 약간의 독특함이 있었다. 깔끔하게 접은 손수건 위에 생맥주잔을 올려두고 있는 것이다. 잔 표면에 고인 물방울이 흘러 테이블 위로 퍼져가는 것이 싫으셨을 것이다. 혼자니까 당연히 말이 없겠지만, 정말로 자연스럽게 보였다. 담배도 피우고 계셨다. 하지만 그 모습이 굉장히 품위 있게 느껴졌다. 올곧은 사람의 느낌. 그냥 술을 마시고 있는 것일 뿐이기는 하지만. 그런 사람을 만날 기회는 좀처럼 없다.

할아버지와 청년이 둘이서 들어와 마주앉아 술을 마시는 것도 봤다. 무슨 관계일까? 할아버지와 손자? 그렇게는 보이지 않는다. 거의 대화를 하지 않았지만, 가끔씩 살짝 웃기도 하는 걸 보면 역시 '함께 술을 마시러 왔다'는 분위기는 있다. 느낌으로는 명장이 도제를 데려온 분위기. 스승과 제자 사이인가? 일본무용이라든지. 그러기에는 할아버지의 등이 굽었다. 의표를 찔러, 만화가와 어시스턴트. 어쩌면 나와 동종업. 하지만 선생님의 패션이 절대 아니다. 애인. 두 사람은 사귀는 사이, 절대 아니다! 결국 말을 걸었다.

"실례입니다만, 두 분은 어떤 관계이십니까?"

"응? 술친구인데?"

이상하다는 듯 되묻는 할아버지. 멋지다. 청년과 어르신이 술친구라니. 근사하지 않은가. 가능하지 않은가. 어느새 그런 건 있을 수 없다는 고정관념이랄까, 상식이랄까 그런 것이 내 속에 형성되어 있다. 시시하다. 그러고 보니, 나도 다른 손님들이 술 마시는 모습을 바라보며 이래저래 상상하고 생각하고 즐기면서 술을 마시고 있다. 그런 '가미야 바'는 굉장히 좋은 술집, 보기 드문 술집이다. 노인이 되면 나도 어딘가 마음에 드는 술집을 찾아서 일주일에 몇 번 들르는 것도 건강을 위해 좋지 않을까. 멀리 있는 출근 술집이 생긴다면 음주도 명인이다. 하지만 그건 인생의 마지막 단계라는 생각이 들자, 명인이 되는 건 아직 뒤로 미루고 싶어진다.

3부 ◦ 마무리는 이걸로!

"술을 마시고 난 후에 먹는
마무리 음식이란 게 있다."

하나.

카레로 마무리

술을 마시고 난 후에 먹는 마무리 음식이란 게 있다. 간사이 쪽에서는 우동으로 마무리한다든가. 아무리 술을 많이 마셔도 마지막에 라멘을 먹으면 다음 날 아침 속은 더부룩해도 최악의 숙취는 피할 수 있다든가. 오키나와에서는 어떤 술을 마시든 고기로 마무리를 한다는, 나로서는 도저히 믿기 힘든 이야기도 있다. 술자리의 마지막은 냄비 죽으로 마무리한다는 사람도 있다. 또는 가벼운 오차즈케라든가. 여성의 경우 '간식 배는 따로' 있어서 케이크나 아이스크림 등 단것으로 마무리하기도 한다. 해외에 오랫동안 나가 있게 될 사람이 출발 전에 꼭 먹어두고 싶은 일본 음식을 질문하는 경우가 있다. '죽기 전에 마지막으로 먹고 싶은 음식은?' 같은 이야기도 자주 한다. 3부에서는 그런 여러 가지 마무리 음식을 생각해보려는 것이다. 서론이 길었으니, 이제 본론으로.

카레가 있는 술집이면 두말할 필요 없이 강력한 곳이라고 생각한다. 평상시에는 없지만 주인의 기분이나 어떤 상황에 따라서 "오늘은 카레가 있습니다"라고 하는 날에는, 들어올렸던 술잔이 허공에 멈추고 "어!" 하며 이미 눈꼬리가 내려가 있다. 마치 조커 패를 받은 듯한, 자신도 모르게 비어져 나오는 득의의 미소를 참는다. 오늘 밤 술자리 마무리에 최강의 패를 쥔 듯한 기분. 오늘 밤은 술을 마시다가 마지막에 "아, 밥은 적게 해서 카레라이스 주시겠습니까?"라고 할 수 있는 권리가 내게는 있다. 방자함이 있다. 사치가 있다. 자유가 있다.

하지만 그런 식으로 오늘 밤의 술자리 계획이랄까 작전을 짜며 준비를 하고(그런데 어째 난 늘 그런 생각만 하는 듯한 느낌이) 있었는데, 먼저 와 있던 낯선 손님이 벌써 마무리의 카레라이스를 주문했다. 그 냄새에 참을 수 없게 된 나는 이제 겨우 맥주 한 병

째인데도, "죄송합니다만, 밥 없이 카레만 조금 먹을 수 있을까요?"라고 말해버린다. 묘하게 자신을 낮춰서 주인에게 부탁하고 있는 나. 눈썹을 여덟팔자로 하고 치아를 드러내며. 개인가. 들개인가. 단골의 얼굴을 한 떼쟁이. 최악이군. 하지만 카레만 얹어서 술을 마시는 것이 또 맛이 있답니다. '있답니다'가 나왔다. 이럴 때만 존칭어를 쓰는 아재. 꼭 있죠. 접니다. 카레를 위해서라면 능글능글 노인네도 될 수 있습니다. 그 악마의 냄새, 유혹적인 황금빛을 앞에 둘 수 있다면.

카레의 감자도 감사하다. 맥주에 최고. 조림 요리라고 생각하면 사케에도 어울린다. 스튜라고 생각하면 양주도 괜찮다. 레드 와인에 카레를 먹을 수 있는 나를 두고 맛을 모르는 사람이라 한다면, 성적표에 미각 1점을 줘도 좋다. 아, 최강 전설 카레. 아, 지금도 먹고 싶다. 잠깐, 마무리 음식에 관한 이야기 아니었나? 죄송합니다. 카레니까 이해해주시길.

요전에도 네즈에 있는 술집에서 집으로 돌아가는 할아버지 손님에게 카레를 주었다. 독신자라고 한다. 좋은 이야기 아닌가. 나는 마무리로 카레라이스를 먹으면서 그 광경을 보고 눈물이 날 것 같았다. 이미 다리도 비칠비칠한다. 귀도 잘 안 들린다. 술도 많이 못 마신다. 그 사람이 카레를 받은 것이다. 내일 데워서 먹는다고 한다. 혼자서. 그런데 카레를 비닐봉지에 담아서 가져갔다. 죄송하지만, 뭔가 음식물 쓰레기 같았다. 그 부분에서 또 눈물이 날 것 같았다. 오래 사세요. 아, 그 술집의 꽤 매운 카레라이스, 절반만 오늘 밤의 마무리로 먹고 싶다!

둘.

메밀당수로 마무리

봄이 되었고 외출할 때 겉옷이 필요 없어졌다. 몸이 가볍다. 마음도 가볍다. 그런 날의 오후, 집이나 작업실 근처 단골 소바집에서의 한잔. 최고다. 딱히 수타면이니, 100퍼센트 메밀가루를 사용한 면이니, 나가노 가이다고원의 계약 농가에서 매입한 메밀을 맷돌에 갈았느니, 재즈를 틀어주는 소바 가게니 다 필요 없다. 가끔 잡지를 보면 사진까지 실어가며 '소바집에서 성인 남성의 예의'라는 기사를 올리기도 하는데, 그런 건 아무래도 상관없다. 크게 예의 없지만 않으면, 예컨대 방귀를 뀌면서 먹거나, 떼

거지로 들어가서 두리번거리며 사진을 찍고 소란을 피우거나, 바쁜 주인에게 술에 취해 인터뷰하듯 질문을 퍼붓는 행동만 하지 않는다면 그냥 편하게 먹는 게 제일이다. 이런, 안 되는데. 내가 오히려 잔소리 같은 말을 하고 있다. 소바집에서 투덜거리면 술이 맛없어진다. 기계로 뽑은 소바가 뭐가 어때서. 배달을 겸하는 곳도, 메뉴에 오야코돈*이 있는 곳도 괜찮다. 식당 아주머니(할머니)가 진한 화장을 하고 장화를 신고 있어도 괜찮다. 그냥 이 봄의 한순간, 에어컨을 틀기 직전의, 하지만 출입구의 미닫이문을 활짝 열어둔 낮 시간이 좋다. 밖에 있다가 들어가면 식당 안이 조금 어둡게 느껴지는 그 느낌이 즐겁다.

"어서 오세요."

점심시간이 끝나서 가게는 한적하다. 자리에 앉는다. 작은 병맥주가 있다. 고맙다. 소바집에서 혼자 큰 병을 시키면 남는다. 그리고 이타와사.** 이런 건 소바집에서만 먹을 수 있다. 그런데 소바의 마법인지 이게 참 맛있다. 아재, 마술사야? 맥주가 맛있다. 길가에 뿌려둔 물 위를 지나온 바람이 불쑥 턱밑을 쓰다듬는

---

* 덮밥의 일종으로 밥에 닭고기와 계란을 얹은 요리.

** 얇게 썬 가마보코에 고추냉이와 간장을 곁들인 음식.

다. 좋다, 길가에 뿌린 물 냄새. 이는 지금의 계절에만 느낄 수 있는 것. 사계절이 뚜렷한 일본. 앗, 벌써 한 병을 다 마셨다. 그럼 이제 사케로 가볼까. 차가운 걸로 한 잔. 사케의 이름 따위 뭐든 상관없다. 마술사에게 맡기자. 그리고 달걀말이와 구운 김. 이곳은 사케를 주문하면 소바미소*가 조금 따라 나온다. 여기에 김을 찍어 먹는다. 그걸 안주로 차가운 사케를 마신다. 사케는 180*ml* 잔이 아닌, 대체로 120*ml*잔. 이 작은 잔도 작은 병과는 다른 의미에서 고맙다. 입에 닿는 차가운 감촉이 너무 좋다. 목을 통과해서 위까지 스르륵 내려간다. 달걀말이, 미리 만들어둔 것이 아닌지 시간이 조금 걸린다. 달걀말이가 오면 이번에는 뜨거운 사케 180*ml*를 주문. 그리고 사케가 나오면 자루소바 한 판을 주문한다. 맥주 한 잔과 사케 두 잔에 얼근하게 술이 오른다. '낮술은 금방 취하는군' 하는 극히 평범한 말을 살짝 고개를 갸웃거리며 중얼거려본다. 바보냐! 조금 더 마시고 싶다. 맥주 한 병에 안주 하나만 더. 그걸로 끝! 이런 게 안 되는 거다. 이 한 병으로 오늘이 끝난다. 나는 욕망을 이길 수 있을까. 절체절명의 위기. 그때 메밀당수가 나온다. 말 그대로 구원의 신. 이 메밀당수를 남은 간

---

* 메밀과 미소를 섞어서 볶은 음식.

장소스에 섞어 마신다. 식은 사케보다 따뜻한 느낌이 반갑다. 고추냉이가 느껴진다. 파의 향도 살아 있다. 깊은 맛. 몸에 좋다. 그릇을 다 비우고 다시 한 그릇. 지금은 메밀당수만으로 사케를 마신다. 희미하게 온기가 있다. 확실하게 메밀 맛이 난다. 사케를 마신 입과 목과 식도를 씻어내고 위장을 가만히 진정시킨다. 이 메밀당수 마무리. 누가 생각했는지 대단하다. 술로 들떠 있던 마음이 가만히 가라앉는다. '술을 더 보내' 하고 떠드는 위장을, '오늘은 작업 그만하자'고 끊임없이 유혹하는 뇌를, 단 두 그릇으로 조용히 시킨 메밀당수는 대단하다. 자루소바 한 판은 조금 부족하지 않을까 싶었던 생각도 어찌된 일인지 사라졌다. 일본의 소바집에 메밀당수가 있어서 다행이다. 자, 일하러 갈까.

셋.

미소시루로 마무리

모리시타에 있는 술집 '우오산魚三'에서 술을 마셨는데, 좋은 술집은 대체로 폐점 시간이 이르다. 세상에나, 우오산은 9시 반 폐점. 밤 9시 반이라니, 아무리 그래도 너무 이르다. 엉덩이가 좀 데워졌다 싶을 때가 아닌가. 냉혹하다. 잔혹하다. 이렇게 잔인하다니, 등등. 술을 마시고 취기가 오르면 이렇게 깔끔함을 모르니 안타깝다. 그런데 왠지 가게 분위기가 막판에 접어들었다는 느낌이 들고, 아, 우린 좀 더 마시고 싶은데 하며 가슴이 술렁거리는 그때! 카운터 안에서 앞치마를 입은 아주머니가 생글생글 웃으면서 던지는 한마디, "미소시루 드실래요?"

부처님. 관세음보살님. 아줌마의 파마머리에서 후광이 비쳤다. 훌륭한 타이밍. 술에 취해 흔들리는 머릿속 한가운데를 타격했다. 친 순간 홈런임을 알 수 있는 한마디, 네, 저 집에 가겠습니다. 곧바로 장외로. 그 전에 마무리의 미소시루. 감동.

그날 밤에는 맥주에서 니혼슈로 갈아탔습니다요. 니혼슈를 마신 후의 미소시루는 정말로 감사하기 그지없습니다(갑자기 높임말을 쓰는 아저씨, 꼭 있죠). 그것도 다름 아닌 재첩 미소시루. 최고. 감동이다. 니혼슈 뒤의 재첩 미소시루. 감격적인 재첩 미소시루. 황홀한 재첩 미소시루. 술로 젖은 위장에 스며드는 재첩 미소시루. 나도 모르게 한 소절 읊었다.

예부터 재첩에는 오르니틴이라는 성분이 들어있어서 음주 후의 간에 좋다고 하지만, 그런 설명은 관심 없다. 그냥 단순히 맛있다. 재첩은 맛국물이 필요 없다. 자신이 맛국물이기도 하면서 메인이기도 하다. 전부 스스로 한다. 훌륭하다. 바지락도 맛있지만, 주심인 나는 독단으로 재첩의 손을 들겠다. 심판들이 화가 나서 복싱계에서 추방한다고 해도 좋다. 아니, 언제부터 바지락과 재첩의 복싱이었는데? 난 그 작은 조갯살도 꼭 먹는다, 나무젓가락이나 앞니로 껍데기에서 떼어내서. 아무리 작은 거라도.

벌건 얼굴로 쬐깐한 재첩을 열심히 긁어내 입에 넣는 모습, 궁상맞다고 비웃으려면 비웃어라.

어? 두부와 나도팽나무버섯 미소시루도 있다고? 우와~ 그것도 먹고 싶다. 두부가 부드럽다. 나도팽나무버섯이 미끈거리며 입 속에 들어오는 즐거움. 설렌다. 소년모험소설이다. 입 속에서 혀와 이빨로부터 도망 다니는 듯한, 동그랗고 미끈미끈한 녀석들이 귀엽다. 간신히 씹으면 희미하게 흙냄새가 느껴져 술 취한 뇌리에 '산山이 준 음식'이란 깃발이 펄럭인다. 버섯이 우러난 국물이 또한 맛있다.

술을 마신 후의 마무리로는 이 두 가지가 간토 지방 미소시루의 양대 산맥이라고 해도 좋을까, 여러분. 미역 미소시루나 무 미소시루, 파와 유부 미소시루에 시치미를 살짝 뿌린 것도 맛있지만, 마무리로는 약하다. 그분들은 밥 먹을 때 충분히 활약하시니 걱정 마시라.

'우오산'에는 분명히 '아라지루'*도 있었다. 이는 마무리보다는 술안주에 좋다. 미소시루도 충분히 안주가 된다. 됩니다. 되옵니다. 되옵나이다(어미의 활용? 그 의미는 전혀 기억나지 않으면서도 발

* 생선 서덜(살을 발라낸 나머지 부분)을 넣고 끓인 미소시루.

음이 재미있어서 그냥 외우고 있는 바보. 천하에 쓸모 없다).

최근에는 인스턴트 미소시루도 꽤 수준이 높아져서 집에서 혼자 술을 마실 때 간편하게 만들어 마무리로 먹는 것도 좋다. 마무리로 먹는 미소시루는 늘 술을 그만 마시도록 부드럽게 제지해준다. 수긍하고 순순히 자리에서 일어나게 해주는 마법의 한 그릇. 업무상 술자리에서 내가 뭔가 투덜거리거나 칭얼거리면 미소시루를 주시길. 무슨 어린애냐?

넷.

히야지루로 마무리

술자리의 마무리로 나와 확실히 감동한 음식이 '히야지루'다. 물론 미야자키에서. 벌써 이십 년 정도 된 일이지만. 미야자키에는 NHK리포터로 갔었다. 나도 참 여러 가지 일을 하고 있군. 대체 정체가 뭐냐? 뭐하는 사람이냐? 어디 시골 묘지의 벌초 좀 해달라고? 일정이 비어 있으면 하겠습니다. 네, 그런 사람입니다. 미야자키에서 밤에는 접대 비슷한 느낌의 회식 자리가 있었다. 가장 먼저 놀란 것은 회가 엄청나게 맛있는데도 찍어 먹는 간장이 캐러멜처럼 진하다는 점. 끈적끈적. 회 맛을 완전히 망가뜨린다.

그래도 로마에 가면 로마법을 따르라고 했듯이, 그대로 따라했다. 회를 먹고 있는데 종업원이 "아, 연한 간장도 있습니다" 하며 주었지만, 역시 재미가 없어서 찐득찐득한 간장에 먹었다. 순수하게 맛있는 것도 있지만, '재미'있어서 맛있는 것도 있다. 특히 나중에 다른 사람들에게 이야기할 때를 생각하면.

"정말 심하다니까! 말이 간장이지, 무슨 수렁처럼 새까만 돈가스소스 같은 걸, 신선한 생선회에 찐득하게 찍어서 먹는 거야. 미야자키 사람들, 어떻게 그럴 수가 있지. 야만적이야. 미각이 미숙한 거야. 거의 미야자키 원시인이라고 해도 돼. 유인원이야."

그렇게 제멋대로 떠들기 위해서는 충분히 맛을 봐두는 게 좋다. 너무합니까? 너무하네요. 죄송합니다, 미야자키에 원한이 있는 게 아닙니다. 지금부터 칭찬할 겁니다.

여하튼 미야자키는 태풍이 엄청나다, 옛날에는 신혼여행의 성지였다 등등의 이야기로 웃고 취하고 이제 슬슬 끝낼 시간인가 할 무렵에 나왔습니다. 미야자키의 명물 히야지루.

히야지루는 구운 전갱이를 깨소금과 미소와 함께 절구에 빻아서 차가운 맛국물에 풀고, 거기에 얇게 썬 오이, 차조기, 양하, 으깬 두부를 넣은 후 뜨거운 밥 위에 부어서 먹는 음식. 따뜻한 밥에 차가운 국물을 붓는 모습을 보고 솔직히 난, 뜨거운 음식인지 차가운 음식인지 확실히 하라고, 옛날 개밥 같잖아, 가정교육이 엉망이야, 예의가 없어, 하는 부정적인 눈으로 보고 있었다. 하지만 무지몽매했던 건 나였다. 주저주저하며 한 입 먹자 술이 확 깼고, 두 입을 먹자 눈이 번쩍 뜨였고, 세 입을 먹자 귀가 쫑긋해졌고, 네 입을 먹자 콧구멍이 뻥 뚫렸고, 그다음엔 무아지경으로 긁어먹는 모습이 흡사 아수라 같았으며, 또는 며칠을 굶은 들개 같았다. 도저히 사람이 아닌 귀신의 형상으로 소리를 내며 또는 밥알을 튀기며 주위 사람들의 의아해하는 시선도 느끼지 못하고 밥그릇을 순식간에 비우고도, 더 남은 건 없나 누가 남긴 거는 없나 더 안 주나 하며 다다미 위에 드러누워 손발을 버둥거리며 떼를 쓰는 모습은 흡사 다 큰 애기. 당시(대체 언제야!) 책에 썼던 상황이다.

오이가, 깨소금이, 차조기가, 양하가 전부 살아 있다. 무서울 정도로 맛있다. 차가운 미소시루 국밥이겠지, 하고 무시하던 자신이 부끄럽다. 완전히 다르다. 마야자키 문화의 결정체. 술자리의 세련된 마무리 음식의 일품이었다. 바보는 나. 도쿄의 원시인, 미타카의 유인원은 나. 도쿄에도 먹을 수 있는 식당은 있겠지만, 다시 꼭 미야자키에서 먹고 싶다. 이십 년의 기억을 묵혀두었으니 새로운 감동이 있을 것이다!

다섯.

소면으로 마무리

낮에 거리를 걸을 때 티셔츠 한 장이면 되는 날이 드문드문 생겼다. 일본은 정말로 사계절이 뚜렷하다. 자연이 국민의 지루함을 없애준다. 각 계절마다의 맛있는 음식이 있다. 예컨대 봄의 만물 가다랑어. 여름의 히야시추카, 가을의 송이버섯 도빈무시. 겨울의 나베 요리. 술도 차가운 맥주부터 히토하다의 따뜻한 사케까지. 그래서 음식에 대해 이러쿵저러쿵 까다롭게 구는 것이다. 그리고 늘 뭔가 맛있는 것이 없을까 생각한다.

46시간 동안 젊은 여자와 어찌해볼 생각만 하는 남자는 호색

가라며 눈총을 받는다. 괜찮은 남자가 치켜세워주면 무조건 따라가는 여자는 음란하다고 눈총을 받는다. 하지만 일본인은 식욕이 호색가다. 먹는 것에 음란하다. 텔레비전을 켜도 잡지를 펼쳐도 식욕을 자극하는 것들뿐. '맛있어!'라는 말은 성욕에 비유하면 쾌락의 신음 소리다. 텔레비전을 켜면 온통 신음 소리다. '음식에 서린 한은 무섭다'는 말이 있는데, 그건 성性으로 보면 빼앗긴 남자(여자)의 치정이 얽힌 질투와 원한이다. 무시무시하다. 어차피 똥으로 나올 걸 뭘 그리 말이 많은가. 생명체로서 보기 흉하다. "음식을 먹으려면 먼저 부끄러움을 알아야 한다"고 세이 쇼나곤*도 『마쿠라노소시』에 쓰지는 않았지만, 식욕도 너무 밝히는 건 좋지 않다.

담백하고 깔끔한 여름 음식의 대표가 소면이 아닐까(이야기가 미묘하게 연결이 안 된다). 초여름 밤 친구들과 모여 생맥주로 시작해서 실컷 술을 마신 뒤, 둘러앉아 소면으로 마무리하는 건 어떨까. 소면은 간단하게 금방 만들 수 있다는 점도 술자리에 편리하다. 취해도 실패하는 경우가 드물다.

물을 끓이는 동안에 양하를 다지고 차조기잎을 채 썰고 생강

---

* 중기 헤이안 시대의 여류 작가. 『마쿠라노소시』는 헤이안 문학의 대표작 중 하나다.

을 갈아놓는다. 끓는 물에 면을 넣어 삶는 동안에 구운 김을 주방 가위로 작게 자른다. 깨소금도 준비한다. 이렇게 자잘한 고명을 다양하게 준비하면 좋다.

소쿠리에 면을 건지고 수돗물로 쓱쓱 헹궈 차갑게 한다. 그러면 완성. 물기를 뺀 소면을 소쿠리 채로 접시에 올려서 빙 둘러앉은 친구들 한가운데에 툭 놓는다. 냉장고에서 꺼낸 소바용 간장을 밥공기에 붓는다. 종지는 작아서 간장이 금방 없어지니까 술을 마신 뒤에는 밥공기가 좋다. 먹기 편하다. 소바용 간장에 고명을 적당히 투입하고 그다음엔 면에 간장을 찍어서 후루룩후루룩 먹기만 하면 된다. 후루룩후루룩, 맛있다! 후루룩후루룩, 으음! 여름이다. 양하가 좋다. 깨소금도 고소하다.

앞서 얘기했던 히야지루와 고명이 꽤 비슷하지만, 느낌은 전혀 다르다. 소면에는 감칠맛이나 깊이가 없다. 그 점이 좋다. 소면은 먹을 때의 후루룩후루룩하는 소리에도 나타나듯이 귀여운 총명함이라고 할까, 단순하고 깔끔한 식감이 묘미다. 여기에는 식욕의 음란함이 없다. 부드러운 맛이 술자리의 끝자락을 온화한 기분으로 만들어준다. 함께 소면을 후루룩후루룩 먹는 그림이 즐겁다. 평화다. 혼자 마신 후 마무리로, 혼자 후루룩후루룩 먹는 것도 그건 그것대로 즐겁다. 봄에는 밝을 녘, 여름은 밤. 여름밤의 소면은 세이 쇼나곤도 분명히 기뻐할 것이다.

소면을 추가해서 고추기름을 살짝 뿌리는 방법도 있다. 시치미를 넣는 것도 좋다. 커다란 우메보시를 으깨가며 먹는 우메보시 소면도 각별하다. 과음한 여름 다음 날, 늦은 점심(첫 끼니)의 소면도 최고다. 이는 해장이라는 의미에서는 전날 밤 술자리의 마지막 마무리라고 할 수 있다. 이 역시도 참으로 멋진 마무리가 된다. 일본인의 식욕은 소면이 달래주고 있다.

여섯.

밥공기 라멘으로 마무리

요전에 밤늦게 일이 끝나서 근처의 술집에서 술을 마시다가 새벽 2시가 다 되었다. 가게 영업도 끝났으니 이제 집에 갈까 생각하고 있는데 주인이 "조금 먹을래요? 우리 종업원들의 오늘 밤 야식인데" 하며 밥공기에 인스턴트 라멘 '삿포로이치반 미소라멘'을 내왔다. 신이시여! 그 사람이 신처럼 여겨졌다. 인간을 넘어선 존재다. 아우라가 보였다. 그 자리에서 무릎을 꿇을 뻔했다. 종교의 발생이다.

라면 그릇으로 한 그릇이 아니다, 밥공기 한 그릇의 인스턴트 라멘. 이 양이 포인트. 혼자 먹을 때는 불가능한 양이다. 냄비에 세 개 정도를 한 번에 끓이기에 가능한 기술인 듯하다. 터프한 기술이다. 완전히 횡재다. 보너스다. 친절. 진정한 친절이란 이런 게 아닐까. 진심, 배려, 정성, 친절, 인정. 온정. 자비. 불심. 그런 단어들이 질풍노도처럼 머릿속에 밀려왔다. 이 각박한 시대에 사람의 온정과 온기를 만나 나도 모르게 눈물을 떨군다! 게다가 때마침 미소라멘. 평상시 구매할 때 잘 선택하지 않는 것을 다른 사람이 건네주니 한층 기쁘다. 미소의 향기가 술 취한 비강을 부드럽게 자극하고 위장을 직격. 그리운 듯한, 시골 같은, 어머니 같은, 겨된장 같은, 조금 촌스러운 냄새가 오히려 식욕을 불타오르게 한다. 라멘에는 파와 부추와 숙주까지 조금 올려져 있다! 정말이야? 괜찮은 거야? 괜찮습니까? 이런 내게. 이렇게 쓸데없는 농담밖에 쓸 줄 모르는, 대머리에 배 나온, 보기 흉한 중년 남자에게. 아, 살다보면 좋은 일도 있다. 세상은 아직 살 만하다. 울면서 먹었다. 그건 거짓말. 정신없이 먹었다. 눈물은 나오지 않았지만, 콧물이 조금 나왔다. 콧물을 훌쩍이며 후룩후룩 단번에 먹었다. 인스턴트 라멘 특유의 가늘고 꼬불꼬불한 면이 입 속에서 즐겁다. 그 속에 섞여 들어간 숙주나물의, 아주 미세한 아삭거림에 치아가 즐겁다. 부추를 씹었을 때 나는 아주 미세한 향이 미소라멘에 더없이 어울린다.

순식간에 면을 다 먹고 국물도 전부 마셨다. 국물을 다 마시자 밥공기라고는 해도 면 부스러기가 파 등등과 함께 후루룩 딸려 들어오는 포상도 제대로 있었다. 그 포상을 더 받고 싶어서 무심코 국물을 다 마셔버리게 되는 게 인스턴트 라멘이다. 처음부터 밥공기에 담겨 나오면 더 먹고 싶다는 생각이 들지 않는다. 위장과 식욕이 정확하게 완결한다. 과함도 부족함도 없다. 만족. 완결. 완료. 자, 집에 가자. 계산 부탁합니다! 그 목소리에는, 아까 가게에 왔을 때의 일에 지친 나는 사라지고 없었다.

늘 있는 일이 아닌, 갑자기 이런 상황을 만나면 너무도 기쁘고, 어찌할 바를 모를 만큼 맛있다. 뭔가 하늘의 계시까지 느껴졌다. 눈에는 보이지 않는 커다란 힘에 이끌려 이 술집에 들어온 것이다. 이는 무엇의 징조일까. 이 기쁨은 무엇의 예감일까. 내일 무시무시한 대작을 쓰게 되는 것은 아닐까. 설마 그런 일은 없겠지만, 한 그릇의 라면은 그날 밤의 내게 그 정도로 힘과 희망과 자신감을 주었다. 아무리 감사하고 또 감사해도 부족하다. 여하튼 감격과 감동의 폭풍이 내 안에 휘몰아친 밤이었다. 집에 가는 길, 나는 혼자 걸으면서 너무 행복해서 무서웠다. 이건 좀 과장이다.

일곱.

커피우유로 마무리

책을 자랑하는 듯해서 죄송하지만(죄송하면 쓰지 마), 『낮의 목욕탕과 술』이라는 책이 있다. 훤한 대낮에 목욕탕에 갔다가 그 주변의 싸구려 술집에서 한잔하는 건 가격 대비 최고의 극락이라는 내용이다(친구들이 팔자 좋다며 화를 내곤 합니다. 죄송합니다. 변명 같지만, 술을 마실 때까지는 확실히 좋은 직업이지만, 그 과정을 재미있는 문장으로 만드는 일은 꽤 시간이 걸리는 괴로운 작업입니다). 목욕 후의 한잔은 실로 맛있다. 하지만 최근에 알았는데, 목욕 '직후'의 술은 사실 그렇게 맛있지 않다. 목욕의 마무리는 맥주가 아니다.

친구가 한참 사우나를 즐기다가 마침내 목욕을 마쳤을 때, 커다란 물병에 담긴 칼피스가 서비스 음료로 있었다고 한다. 옷을 갈아입고 생맥주를 마시려고 했는데, 무심코 칼피스를 마셔버렸다. 그런데 칼피스를 마신 순간 너무 맛있어서 연속 세 잔을 마시고는 '분하지만 생맥주가 진 것 같군' 하고 생각했단다. 이해한다. 나이 탓인지 충분히 이해가 갔다.

목욕 직후의 생맥주는 생각만큼 맛있지 않다. '목욕 후에는 시릴 정도로 차가운 생맥주!'라고 할 정도는 아니다. 자극이 있을 뿐이다. 젊은 사람들은 무엇이든 자극적인 걸 좋아한다. 보통보다 50배나 매운 카레를 땀범벅이 되어 먹는 것과 마찬가지. 그게 맛이 있진 않겠지. 자극, 스릴, 모험. 맛은 뒷전이다. 바보다. 중학생이 급식 우유를 누가 빨리 먹나 시합하는 것과 다르지 않다. 그런 걸 만드는 사람도 한심하기는 매한가지. 나이가 들면 자극보다 맛을 중시하게 된다. 자극을 제거하면 진실이 보인다.

맛이 가장 좋게 느껴지는 온도라는 것도 당연히 있다. 체온이 잔뜩 오른 상태에서 너무 차가운 맥주를 마시면 맛을 알 수 없다. 향도 느낄 수 없다. 목 넘김도 나쁘다. 건강에도 좋지 않다. 목욕을 마친 후 탈의실에서 잠시 쉬었다가 새 속옷을 입고 밖으로 나온다. 거리를 조금 걷다보면 몸의 열기가 완전히 빠져나가는데 그 시점에 술집에 들어가 적당하게 차가운 맥주를 마시면 현기증이 날 만큼 맛있다. 뭐, 나도 젊었을 때가 있었고 그런 자극에 휩쓸리던 때가 있었으니, '목욕 후에는 시릴 정도로 차가운 생맥주 한잔!'을 외치는 사람들을 그냥 지켜보지만(그럴 거면 쓰지를 말라고).

그런데 목욕 후의 칼피스도 맛있지만 역시 커피우유가 최고다. 그것도 병우유. 그 두툼한 유리병의 감촉과 함께 흘러들어오는 달콤함이 좋다. 코로 빠져나오는 향기가 좋다. 부드러운 목넘김이 달아오른 몸을 매끄럽게 달랜다. 그 한 병의 양도 좋다. 목욕을 하면서 땀을 흘렸기 때문에 몸은 수분을 원한다. 한 잔의 물도 맛있다. 보리차도 맛있다. 하지만 역시 커피우유가 단연코 맛있다. 그렇기 때문에 모든 목욕탕에서 커피우유를 파는 것이다. 표준이 된 것이다. 욕조에서 나와 몸을 닦고 팬티를 입은 후 그대로 조금 쉬었다가 바지와 셔츠를 입고서야 천천히 한 병을 꺼내는 것이다, 직접. 이 부분도 왠지 좋다. 직접 냉장고에서 꺼내고 계산대의 아주머니에게 돈을 내는 장면도 실로 목욕 후의 좋은 풍경이다. 선 채로 몇 번에 나눠 마신다. 마지막 한 모금까지 맛있다. 목욕을 커피우유로 마무리하는, 이런 문화는 언제까지 이어질 수 있을까.

여덟.

호텔 조식으로 마무리

여행을 가서 호텔에 묵고 난 다음 날의 조식을 좋아한다. 전날 밤에 아무리 술을 마시고 늦게 잤어도 반드시 일어나서 조식을 먹는다. 여행의 즐거운 기분이 밤에는 더 많은 곳을 가보고 싶게 만들어 늘 술집 순례를 하게 된다. 현지 사람들과 대화를 할 기회가 생기면 점점 즐거워져서 무심코 과음을 하게 되는 경우도 많다. 하지만 지방은 도쿄처럼 밤늦게까지 영업을 하는 바보 같은 술집이 드물다. 기껏해야 12시 정도면 문을 닫는다. 어쩔 수 없이 호텔로 돌아오는데, 바보 같은 도시에서 온 바보는 평상시의 바보 같은 생활 습관 탓에 전혀 잠이 오지 않는다. 더구나 여행에 기분이 한껏 고조된 탓에 술을 더 마시고 싶은 마음을 주체할 수 없다. 그래서 호텔에 돌아와 자동판매기에서 500*ml*짜리 캔맥주를 사서 방으로 돌아와 푸슉 하고 마개를 딴다. 그리고 심야의 텔레비전이 재미있어서 맥주를 다 마셔버리고는 다시 술을 사러 요상한 잠자리 차림으로 슬리퍼를 끌고 새빨개진 얼굴로 승강기를 타고 내려간다. 누가 볼까 무서운 형상이다. 그리고 하이볼이나 추하이를 사서 돌아온다. 두 캔이나. 바보도 정도가 있다. 그 짓을 안 하고 얌전하게 자면 숙취도 없을 것을. 더구나 아침에 일어나면 호텔방 책상에는 추하이가 절반 정도 남은 컵이 놓여 있다. 빈 캔을 버리려고 들어보면 꽤 남았다. 아, 정말이지 나를 버리고 싶다. 알람 소리에 깨고 나면 머리가 조금 아프다. 하지만 의지로 일어난다. 여기서 머뭇거리면 다시 자버리게 되므로 벌떡 일어난다. 커튼을 열면 눈이 부시다. 창문을 조금 연다. 이 방에서 분명 술 냄새가 나겠지. 아무 생각도 하지 않고 재빨리 옷을 갈아입는다. 승강기에서 다른 사람과 마주치는 것이 조금 부끄럽다. 숙취로 헤매는 손님은 나뿐이다. 사람들은 이미 완전 무장을 한 채 배낭을 메고 카메라를 매달고 있다.

호텔 조식은 대체로 간단한 뷔페식이다. 이 방식이 고맙다. 술기운이 남아 있을 때는 싫어하는 건 절대로 먹고 싶지 않다. 먼저 전체 메뉴를 둘러보고 작전을 세운다. 여기서는 잠시 전략가가 돼야 한다. 빵으로 갈지, 밥으로 갈지. 오, 죽이 있네, 그것도 좋겠군. 죽으로 결정한다. 하지만 미소시루도 담는다. 뜨거운 국물이 먹고 싶다. 그런데도 그레이프프루트주스도 담고 있다. 우메보시. 구운 김. 죽이라서 낫토는 필요 없다. 온천 달걀이 반갑다. 채소조림 조금. 오신코* 조금. 그리고 샐러드는 비교적 많이. 생선구이, 비엔나, 햄은 필요 없다. 우엉채볶음, 필요. 그리고 녹차.

먼저 녹차를 마신다. 위에 스며들듯 맛있다. 우메보시를 씹는다. 다시 녹차. 점점 맛있다. 숙취가 벌써 조금 가신 듯한 기분이다. 이제 죽을 먹기 시작한다. 이 조식이 어젯밤 술의 마무리인 것이다. 조식을 제대로 먹지 않으면 모처럼의 여행을 좋은 컨디션으로 즐길 수 없다(그게 걱정이면 어젯밤에도 일찍 잤어야지!). 죽이 맛있다. 정말로 맛있다. 나는 환자인가. 비슷하다. 조림을 얹어서 먹는다. 더욱 맛있다. 그다음엔 샐러드를 우적우적 먹는다. 다시 죽을 먹고 미소시루를 마신다. 실패. 맛없다. 필요 없었다. 우엉볶음을 먹는다. 죽을 먹는다. 죽, 엄청 좋다. 더 가지러 간다. 채

---

* 계절 채소를 소금에 절여 만든 밑반찬.

10분도 되지 않아 조식은 끝난다. 그리고 다시 녹차를 마신다. 식후의 녹차가 또 무지하게 맛있다. 꽤 좋아졌다. 이미 환자가 아니다. 호텔의 마무리는 조식이다.

아홉.

오차즈케로 마무리

"오차즈케 후룩후룩"이라는 말에는 매력적인 울림이 있다. '후룩후룩' 하는 소리는 나지 않지만. 그러고 보면 봄의 시냇물도 '졸졸' 하는 소리는 나지 않는다. 아, 다른가? '졸졸 흐른다'라고 말하니까 의성어가 아닌가. 요즘에는 술집에서 마무리로 오차즈케를 후룩후룩 먹는 사람을 볼 수 없다. 마지막으로 본 후룩후룩 손님은 오차즈케가 나왔을 때 잠이 들어 있었고, 종업원이 깨웠지만 한 입만 먹고 나갔다. 음식 낭비였다.

예전에는 직장인이 술에 취해 밤늦게 집에 가면, 집에서 오차즈케를 먹고는 했다. 명장 오즈 야스지로에게는 바로 〈오차즈케의 맛〉이라는 명작이 있다. 이 영화를 무척 좋아한다. 처음 이 영화를 봤을 때, 대체 어떤 오차즈케를 먹을지 흥미진진하게 기대했지만, 밥에 녹차를 부어 채소절임과 먹는 게 전부였다. 하지만 맛있어 보였다. 술을 마시고 집에 와서 한밤중에 먹는 오차즈케. 요즘은 음주 후 밤늦게 밥을 먹으면 살이 찐다며 꺼린다. 탄수화물 제로 다이어트. 잘 모르지만 끊임없이 나온다. 다이어트, 다이어트 하고 떠들어대는 건 일상이 너무 사치스럽기 때문이다. 일본은 진정한 불황이 아니다.

요전에 맛있는 오징어젓갈을 선물받아서 오랜만에 젓갈 오차즈케를 먹었다. 이건 정말로 맛있어서 위험하다. 과식하지 않을 수가 없다. 젓갈을 안주로 먹을 때와는 전혀 다른 요리가 된다. 먹기 전에는 오차즈케에서 비린내가 나지 않을까 생각했지만 예상은 완전히 빗나갔다. 감칠맛이 밥과 어우러져 더없이 맛있다. 뜨거운 녹차를 부으면 오징어가 작아지는 모양이 귀엽다. 그 다음에 내가 좋아하는 것은 스구키즈케* 오차즈케. 시중에 판매되고 있는 것. 밥 위에 과감하게 듬뿍 올리고 녹차를 붓는다. 그

---

* 순무를 새콤하게 절인 장아찌로 교토의 향토 요리.

2200￥

냥 뜨거운 물도 괜찮다. 스구키의 실력을 알 수 있는 훌륭한 맛이다. 하지만 흔히 판매되고 있는 인스턴트 오차즈케도 새삼 먹어보면 역시 맛있다. 술집에서 옆 사람이 주문하면 녹차에 뿌린 김의 향기가 엄청나게 식욕을 자극한다. 오차즈케에 올린 김 냄새는 독특하다. 옆에서 보고 있으면 파드득나물이 또 엄청나게 맛있어 보인다. 사발 옆에 살짝 발라놓은 고추냉이가 너무 좋다. 누가 오차즈케에 고추냉이를 생각해냈을까.

아, 방금 일화 하나가 생각났다. 아주 예전에 호텔에 칩거해서 원고를 썼던 때가 있었고, 밤중에 배가 고파서 오차즈케를 주문했다. 그런데 가격이 2,200엔이나 했다. 오차즈케 한 그릇에. 하지만 먹고 싶어서 주문했다. 종업원이 가져온 은 쟁반에는 오차즈케와 오신코, 그리고 멜론이 놓여 있었다. 오차즈케에 멜론이라니 고약한 취향이다. 멜론을 넣어서 억지로 가격을 맞춘 것 같았다. 하지만 메인은 너무도 평범한 김 오차즈케여서 황당했다. 좀 더 고급지고 화려한 것이 나오리라 생각했다. 그럼에도 역시 김의 향기가 났고, 호텔방에는 그다지 어울릴 것 같지 않았지만, 순식간에 식욕이 솟아 정신없이 먹었다. '정신없이 먹는다'라는 말에 오차즈케만큼 어울리는 음식은 없지 않을까. 이상하게 맛있게 느껴졌다. 술도 마시지 않았었다. 칩거해서 원고를 쓰는 일은 처음이어서, 성실하게 하루 종일 원고만 썼다. 그런데 밤중에 배가 고파졌고, 에라 모르겠다는 심정으로 주문했던 것이다. 요금은 방값에 붙는다. 결국 출판사가 지불하는 것이다. 2,200엔의 오차즈케를 먹은 것이 무척이나 찜찜했고, 정산할 때 편집자가 볼까봐 부끄러워했던 젊은 자신이 생각났다. 달콤하면서도 씁쓸한 뒷맛이 남아 있다.

열.

냉수로 마무리

한때 '궁극'이라는 말이 유행했는데, 궁극의 마무리라고 하면 물일 것이다. 물. 그냥 물. 단순한 물. '술은 끊어도 숙취 때의 물은 못 끊는다'라는 속담이 있는데(이게 속담이라고?), 확실히 맞는 말이다. 술을 마시고 취해 잠들었다가 한밤중에 잠이 깨서 화장실에 갔다 잠자리로 돌아가는 중에 마시는 냉수 한 잔만큼 맛있는 것은 없다. 목 넘김이 시원하고, 차가움이 기분 좋고, 무맛이라 걸리는 게 없어서 좋다. 몸이 원하고 있는 게 느껴진다. 몸이 물을 끌어들이듯 마신다. 꿀꺽꿀꺽 소리를 내며 마시면 몸에 생기가 되살아나고, 술 취한 좀비에서 제대로 된 인간으로 돌아오는 듯하다. 주방의 수돗물을 컵에 받아 마셔도 충분히 맛있다. 석회가 몸에 나쁘니 어쩌니 귀찮게 따질 사람은 술 마시지 말고 증류수든 알칼리이온수든 마시고 부디 벽에 똥칠할 때까지 오래오래 사시길. 뜨거운 여름에는 냉장고의 차가운 물이 그 무엇보다 좋은 감로수다.

처음으로 물이 맛있다고 진심으로 느낀 건 중학교 때 농구부 연습 후였다. 무더운 여름에 달리고 토끼뜀을 하다가(무릎과 허리에 무리가 가는 운동이라서 요즘은 시키지 않는다고 한다. 난 이미 실컷 했거든!) 마침내 연습이 끝나고 음수대에서 마시는 수돗물. 수도꼭지를 위로 올려 직접 입을 대고 벌컥벌컥 꿀꺽꿀꺽 마셨다. 그렇게 맛있는 물은 세상에 없었다.

"아아! 끝내준다! 난 6리터 정도는 마셨어!"

그렇게 허풍을 떨었다. 정말로 배가 출렁출렁해지도록 마셨던 멍청한 중2 남학생이었다. 운동 후에 마시는 물보다 맛있는 음료수는 없다고 생각했다. 아무리 비싼 주스도 그 물을 이길 수 없을 거라고(주스라고 하는 점이 귀엽다). 최근에 중학교 동창이 바로 그 운동장을 빌려 일반인 축구 시합을 했다고 한다. 그리고 갈증이 난 상태로 그 음수대에서 똑같은 방식으로 물을 마셔보

았단다. 그 청춘의 물맛을 다시 느낄 수 있기를 기대했지만, 더럽게 맛이 없었다고. 그래서 화가 나서 재빨리 옷을 갈아입고 서둘러 생맥주를 마시러 갔다고 한다. 하하하, 그런 것일지도. 젊었을 때의 맛은 두 번 다시 맛볼 수 없다. 시간은 되돌릴 수 없다. 인생은 실로 맛에 잔혹하다.

성인이 된 후 순수하게 물이 맛있다고 생각한 것은 아이즈 지방의 기타카타에서였다. 고리야마에서 친구의 차를 타고 라멘을 먹으러 갔다. 시내에 도착해서 일단 잠시 쉬려고 들어간 카페에서 내온 물이 맛있어서 깜짝 놀랐다. '이게 뭐지?' 하는 생각에 물어보니 그냥 수돗물이라고 한다. 기타카타 라멘 맛의 비결이 풀렸다! 하고, 먹기 전에 생각했다. 그리고 먹은 라멘도 맛있었지만 라멘을 먹고 국물까지 전부 마시고, 그 후에 마신 물이 정말로 맛있었다! 라멘을 먹고 난 후의 물은 원래 맛있지만, 그때의 물은 각별했다.

최근 도쿄 도내의 산속인 히노하라무라에 갔을 때, 그 지역의 물이 맛있었다. 그래서 숙소의 밥도 미소시루도 그리고 두부도 전부 맛있었다. 그곳의 목욕탕은 수돗물을 장작불에 데운 물이었는데도 엄청나게 매끄럽고 피부에 닿는 느낌이 좋았다. 어설픈 온천보다 훨씬 개운해서 욕탕에서 나오기가 싫었다. 그 목욕 후에 마신 물이 또 맛있었다. 그리고 늘 그렇듯 지역 특산주를 마셨고, 취해서 잠이 들었고, 한밤중에 일어나 세면대의 물을 컵에 받아 마셨는데 그게 또 그렇게 맛있을 수가 없었다.

열하나.

집밥으로 마무리

오랜만에 미타카에 있는 본가에 갔다. 예전에 내가 쓰던 방을 마지막으로 정리하고 확인하기 위해. 책 같은 건 전부 햇볕에 누렇게 변색돼서 팔 수도 없는 상태라 전부 버렸다. 젊었을 때의 어설픈 작품도 모두 버렸다. 미련은 없다. 아깝다고 하는 사람도 있지만, 이런 걸로 집을 좁게 하는 게 훨씬 아깝다. 하지만 선택받은 몇 권의 책과 작품은 작업실로 가져왔다. 이걸로 정리는 끝이다. 끝내고 가려고 하자 어머니가 "반찬은 없지만 저녁이라도 먹고 갈래" 하신다. 배도 고팠던 터라 오랜만에 집밥으로 방 정리의 마무리를 하기로 했다.

“잠깐 반찬이라도 먹으면서 기다려” 하시며 오이 누카즈케* 두 개를 썰어서 그릇에 담아주셨다. 두껍다. 친척집 마당 텃밭에서 키운 걸 얻으셨다고 한다. 한 조각 먹고 감동. 이 상큼함은 겨된장에서 갓 꺼낸 신선한 채소를 막 썰었을 때만 느낄 수 있는 맛이다. 아무리 좋은 가게의 채소절임을 사도 집에 돌아오는 동안에 맛이 없어진다. 겨의 향기는 전혀 느껴지지 않는다. 신선하지만 날것과는 전혀 다른 맛이 입 속에서 샘솟는다. 이것과 미소시루만 있으면 밥을 얼마든지 먹을 수 있다. 여름 방학이 가까워지면 가지와 오이 같은 여름 채소 누카즈케가 식탁에 올라오곤 했다.

다음으로 나온 음식은 고로케였다. 집에서 만든 고구마 고로케. 작고 타원형이고 둥그스름하다. 원기둥 모양이나 타원형으로 정돈된 모양이 아니다. 굳이 말하자면 강가의 돌멩이 모양. 튀김옷이 바삭바삭하지도 않고 눅눅했으며, 색깔도 노릇노릇이 아니라 군데군데 거무스름한 반점이 있다. 식당과는 확실하게 다르다. 하지만 여기에 중간 농도의 우스터소스를 뿌려서 먹

* 채소를 겨된장에 담가 절인 음식.

으면 참을 수 없이 맛있다. 밥에 어울린다. 차조기잎과 채 썬 양배추를 수북하게 담아준다. 난 여기에도 소스를 뿌린다. 차조기와 소스가 전혀 어울리지 않는 느낌도 무시. 그리고 고로케와 함께 입에 넣는다. 따끈따끈함과 사각사각함이 입 안에서 뒤섞인다. 양배추도 차조기도 같은 텃밭에서 나온 것이라 맛이 없을 리가 없다.

조그마한 가리비튀김도 곁들여져 있다. 빈약한 가리비튀김이지만, 이 빈약함이 난 좋다. 교자, 슈마이, 스시, 조개류, 당고 등 뭐든지 작은 것을 좋아하는 나. 그리고 호박조림. 솔직히 이건 그리 좋아하지 않아서 한 조각밖에 먹지 않는다. 하지만 식탁에 오르면 기쁜 건 왜일까. 거기에 방금 끓인 미소시루. 미소의 미소스러운 냄새가 너무 좋다. 건더기는 마지막에 넣어서 식감이 살아 있는 여름 채소의 귀공자 양하와 밭작물의 중역인 가지. 철벽의 콤비다. 가지 미소시루, 엄청 좋아한다. 단, 바로 끓인 것만. 갓 꺼낸 채소절임과 갓 끓인 미소시루를 이길 만한 것은 없다. 나한테는 비싼 고기도 회도 이 둘을 결코 이길 수 없다. 밖에서 먹으면 단순한 '고로케 정식'에 '미니 가리비튀김' 단품을 더했을 뿐인데도, 왜, 이다지도 풍성하고 화려한 진수성찬처럼 느껴질까.

'엄마의 손맛'이라는 문구를 예전부터 싫어했다. 다 큰 성인이 아직도 엄마에게 응석을 부리는 것 같아서 추접하다는 생각까지 들었다. 스낵바나 술집에서 주인에게 '아버지, 어머니' 하고 부르는 것도 절대로 싫다. 불쾌하다(다른 사람이 말하는 것은 거슬리지 않는다). 하지만 이 고로케 정식에는 완전히 무장해제 당했다. 끽소리도 할 수 없다. 우리 집의 맛이다. 내게 새겨져 있다. 이곳에 살던 때는 깨닫지 못했던 맛을, 그 부분까지 되찾듯 탐했다. 밥도 더 먹었고 고로케도 네 개나 먹었다. 오신코는 깨끗하게 비웠고, 미소시루도 더 먹었다. 어머니는 위대하다.

열둘.

수제 건포도식빵 토스트로 마무리

나 같은 일을 하다보면 자신도 모르게 밤늦게까지 일을 하고 아침에 늦게 일어나니 점심 식사가 아침 겸용이 되기 쉽다. 더울 때는 무심코 히야시추카 같은 걸로 때우게 된다. 두 끼를 한 번에 먹는 것인데도 겨우 면을 먹는 것이다. 그러고 나면 당연히 오후 5시 정도에는 배가 출출해진다. 아직 이른 시간이라 저녁을 먹기도 어중간하다. 뭔가 가볍게 먹고 싶지만 멀리 가자니 시간이 아까워 다시 근처의 식당으로 간다. 그리고는 아게다마* 냉소바. 또 면을 먹다니. 추릅추릅, 어린애도 아니고. 사실은 그냥 어제의 일을 썼을 뿐이지 않은가. 완전히 하루살이군. 하루 벌어 하루 사는 일용직이군. 솔직히 아이디어도 벼랑 끝인 거 아니야? 그건 괜찮지만, 아니 괜찮지 않다.

그건 그렇다 치고, 어제 같은 경우에는 한밤중에 일이 끝나서 단골 술집에 가 술을 마셨는데 갑자기 엄청나게 배가 고팠다. 당연하다 벌써 새벽 2시. 저녁에 소바 한 판을 먹었을 뿐. 그런데 기본 안주로 나온 당면샐러드에 맥주 반 잔을 마셨을 뿐인데 마지막 주문을 받는다. 다른 손님도 한 명밖에 없어서 다른 술집으로 가기로 했다. 계산을 하자 주인이 "이거, 얼마 전에 가정용 제빵기를 사서 구운 빵인데, 괜찮으시면 내일 아침에라도 드세요" 하며 빵을 주었다. 수제 식빵. 게다가 건포도가 들어간 빵이라니. 이거면 내일 아침이 아니라 집에 가서 이 녀석을 안주로 다시 한잔할 수 있다. 난 지금 배가 고프다.

기본적으로 나는 집에서는 거의 술을 마시지 않는다. 가끔 저녁 시간에 집에 있더라도 반주 같은 건 하지 않는다. 그래서 집에 술이 없으니 편의점에서 맥주라도 사가야겠다고 생각한다. 사실은 차가운 레드와인이 빵과 어울릴 테지만, 차가운 레드와

---

* 튀김 부스러기.

인은 팔지 않으니 맥주로 버티자고 마음속으로 생각한다. 생각은 그렇게 하면서, 바구니에 와인도 담아버린 나. 어이, 어이, 이런 시간에 와인이라니.

오늘 저녁에 만든 빵이라니 맛이 없을 리가 없지. 한 조각 잘라서 토스터에 구웠더니 이내 좋은 냄새가 나기 시작했다. 빵 굽는 냄새라는 건 정말로 선정적이로군. '이로군'이라니, 아저씨 같으니까 하지 마. 빵 외에는 간장 타는 냄새, 소스 타는 냄새, 닭꼬치와 장어 양념 타는 냄새에, 미소 타는 냄새도 전부 선정적이다. 본능을 직격한다. 식욕을 자극한다. 꼼짝 못하게 만든다. 범죄를 저지를 듯하다. 간장 냄새 살인사건. 이미 맥주를 비우고 주방에 서서 망상에 빠져 있다보니 토스터가 '땡~' 하고 울리며 빵이 다 구워졌음을 알린다. 적당하게 노릇노릇 구워진 건포도빵을 "앗 뜨거 뜨거" 하며 접시에 담아 테이블로 가져가 버터를 바른다. 냉장고에서 딱딱해진 버터도 식빵 두 쪽 사이에 넣자 이내 녹는다. 꼼꼼하게 바른다. 버터 냄새도 참기 힘들다.

귀퉁이부터 덥석 베어 물고 나는 눈을 동그랗게 떴다. 홈베이커리가 이렇게까지 진화했었나. 소위 식빵 귀 부분의 단단한 식감과 씹을수록 퍼져가는 고소함. 그리고 식빵 표면의 바삭함과 부드러운 속. 빵을 깨물면 살짝 늘어났다가 잘리면서 부드러운 빵의 향기가 감돈다. 단맛이 있다. 거기에 건포도의 새콤달콤함이 악센트. 이거 정말 맛있다. 상상 이상이다. 새삼 깨닫는다. 난 버터토스트를 좋아하는구나 하고. 정말 좋아합니다. 저와 사귀어주세요. 이건 아침 식사로는 아깝다. 술안주, 그것도 꽤 높은 수준의 안주가 아닌가. 그래서 맥주 두 캔을 마시고, 와인 반 병을 비우고, 식빵 네 쪽을 구워 먹었다. 한밤중에 과음 과식. 비만 진행 확정의 건포도식빵 토스트 마무리였다.

열셋.

뜨거운 커피로 마무리

술을 마신 후 반드시 커피를 마시는 편집자가 있었다. 내가 완전 신인이었을 무렵으로, 그 사람은 열두 살 많은 띠동갑이었다. '제작회의'라는 미명 아래 술자리에 데려갔고, 2차 3차 돌아다니며 많이도 마셔댔다. 그리고 여러 만화가와 작가, 편집자의 재미있는 에피소드를 들려주었는데 나는 놀라기도 하고 웃기도 했다. 편집자는 이야기를 잘 들어주고 재미있는 이야기를 이끌어내는 데에도 능숙했다. 내가 하는 이야기에 웃어주면서 "그거, 그대로 만화로 그려!" 하고 치켜세워주면 나도 베테랑 편집자가 그렇게 말하니까 "…그런가요?" 하며 곧이곧대로 받아들여 정말로 만화로 그리는 짓도 했었다.

편집자는 그런 자리에서는 술을 마시지만 집에서는 마시지 않았고, 혼자 술을 마시러 가지도 않는다고 했다. 그리고 반드시 내 막차 시간과 자신의 막차 시간을 파악해두어서 시계를 힐끔힐끔 보지 않고도 이야기가 한 차례 마무리되면 "그만 갈까" 하고 정리를 했다. 그 깔끔한 마무리가 어른스럽다고 생각했다. 그리고 "커피 마시고 가자"며 늦게까지 영업하는 카페로 가서 뜨거운 커피를 마시는 것이다. 난 하자는 대로 따라갔다. 난 그 사람의 이야기가 재미있어서 술 한잔 더 하고 싶은 기분이었는데, 갑작스런 정리, 그리고 때 아닌 커피에 처음에는 조금 놀랐다. 그는 가게에 들어가 주문을 하고 나면, 담배를 한 대 피웠다. 그리고 차분하게 진지한 이야기를 하고, 커피가 나오면 두세 모금 마시고는 "이제 갑시다" 하고 일어나서 가게를 나가는 것이다. 돈도 다 내주고 이야기도 재밌었으니 불만은 없지만, 마지막의 커피만은 뭔가 낭비 같아 거부감도 들었다. 하지만 지금 생각하면 좋은 쿨 다운이었던 것 같다. 세상 물정 모르는 젊은 내게 맞춰주던 시간에서, 그 사람 자신의 시간으로 돌아가는 휴지기였을 것이다. 그 편집자의 당시 나이는 지금의 나보다 스무 살 정도 젊었다. 하지만 지금의 내가 그렇게 할 수 있는지 묻는다면 전혀 자신이 없다. 편집자가 아니어서 그럴 기회도 없었지만.

그런데 내게도 그걸 시험해볼 좋은 기회가 생겼다. 진보초에 있는 노포 찻집 '사보우루さぼうる'에서였다. 이곳에서는 오전부터 밤늦게까지 똑같은 메뉴 그대로 늘 커피도 술도 마실 수 있다. 그날은 편집자와 사전 협의를 하는 날이었다. 낮이었지만 더웠던 탓에 업무 미팅임에도 무심코 생맥주를 마셔버렸다. 편집자는 나보다 훨씬 어리다. 내가 술을 마시자 반가운 듯 자신도 마셨다. 내가 그를 즐겁게 해주는 느낌이었다. 재미있는 아이디어도 많이 나왔다. 그는 더욱 즐거워보였고, 이걸로 주제도 원고 내용도 정해졌으니 한잔 더 하지 않겠냐는 태도였다. 그런데 나는 "커피 한잔 하고 정리할까요" 하고 말했다. 그는 "아… 네!" 하고 말했다. 과거의 나도 이런 표정이었겠지.

사보우루의 커피는 옛날 커피의 맛이 난다. 맛있는 옛날 커피의 맛이 남아 있다. 사실은 나도 한잔 더 하고 싶었는데, 커피 한잔에 그런 마음이 가라앉았고, 돌아가 원고를 쓸 수 있었다. 마무리 커피가 제대로 기능했다. 그리고 신주쿠 역사 내의 비어카페 '베르크BERG'의 커피도 정말로 맛있는데, 이게 맥주를 마신 후 최강의 커피다. 한번 시도해보시길.

열넷.

일생의 마무리

마지막은 역시 '임종 직전'에 먹고 싶은 게 어울린다. 일생의 마무리. '죽기 직전에 마지막으로 먹고 싶은 건?' 하는 질문을 자주 듣지만, 그런 건 그때가 되지 않으면 알 수 없잖아! 하고 생각했다. 자신이 몇 살에, 어디서, 언제쯤 죽는다는 걸 모르면 대답할 수 없지 않은가. '먹고 싶은 음식'은 그런 조건에 따라 변하는 것 아닌가. 게다가 죽기 직전이면 이미 먹을 수도 없을 것이다. 하지만 알고 있다. 이런 식의 사고방식은 재미없다. '무인도에 가져갈 한 권의 책은?'이라는 질문에 '무인도에는 가지 않습니다'라고 하는 것과 같다. 그래서 나는 '죽기 직전에 마지막으로 먹고 싶은 건?' 하는 질문에, 그 순간 먹고 싶은 것을 대답하기로 했다. 실제로 언제 죽을지는 아무도 모른다.

역시 흰쌀밥 한 그릇일까. 갓 지은 것보다, 밥통에 담은 지 조금 시간이 지난 것. 거기에 본가의, 오래 묵혀 조금 짠맛이 강한 가지와 오이와 무 누카즈케. 전부 얇게 썰어서 물에 살짝 담가 소금기를 빼고 손으로 꾹 짠다. 그릇에 담아 간 생강과 양하를 잘라 올린다. 거기에 간장을 살짝 뿌린다. 그리고 바로 젓가락으로 밥 위에 올려 함께 먹는다. 미소시루는 얇게 썬 감자와 잘게 다진 무청을 넣은 것. 이렇게 미소시루 한 그릇과 채소 반찬 한 접시면 된다. 물론 지금의 기분이다. 내일 물어보면 달라질 것이다. 하지만 그런 게 좋다. 스테이크니 회니 생각나지 않는다. 아니 그보다, 비싼 진수성찬으로 배를 가득 채운 채 죽고 싶지 않다. 예전부터 평상시에 먹던 소박한 것을 조금 먹고 천국의 부름을 받고 싶다. 맛있는 낫토에 간 무와 가쓰오부시와 다진 대파를 넣고, 약간의 겨자와 생간장을 두른 후 열심히 섞어서 밥과 함께. 그것도 좋다. 미소시루 없이 녹차면 된다. 호지차.*

---

* 녹찻잎을 볶아 만든 차.

마사유키 씨!
마사유키 씨
역시 마지막엔
흰쌀밥이지~
낫토를 두고 갈 셈이야?
나야 나!
카레라이스
날 안 먹고 가려고?

맛있는 카레도 괜찮겠군. 어느 가게의 것이 좋을까. 카레의 순위는 머릿속에서 늘 바뀐다. 직접 만든 닭고기 야채 카레도 좋다. 양배추를 듬뿍 넣은 것.

라멘이라면 '주카소바 미타카中華そば みたか'가 좋겠지. 전설의 '에구치江ぐち'* 라멘. 살면서 가장 오랫동안 먹고 있는 외식이다. 지금도 변하지 않는 맛. 평상시에 하던 일을 하고 평상시와 마찬가지로 아, 맛있었다, 하고 끝. 그것도 좋군. 기린 맥주 작은 병과 죽순도 주문하자.

전날 먹다 남은 소고기 스키야키를 반찬으로 한 도시락. 도시락 통은 과거 군대에서 쓰던 것 같은, 깊이가 있는 양은 도시락. 밥은 뒷면에 간장을 바른 김을 덮고, 밥의 절반 아래에는 가다랑어포를 넣는다. 구석에는 두툼한 단무지 두 장을 끼운다. 이 도시락을 만들어서 네 시간 동안 묵혀둔다. 스키야키와 단무지와 김 냄새가 식은 도시락 속에서 '빙글빙글 돌아' 최고의 맛을 만들고 있을 것이다. 하지만 죽기 전에 네 시간을 묵혀둔 도시락이라니. 너무 번거롭다고 할까, 깔끔하게 죽음을 받아들이지 못하는 느낌이다.

---

* 1924에서 2010년까지 미타카에서 영업했던 유명 라멘집. 그리고 같은 해, 그 자리에 '주카소바 미타카'가 개업했다.

간다에 있는 '마쓰야まつや'의 따뜻한 기쓰네소바도 깔끔해서 좋겠군. 평범하지만 달걀밥도 좋고. 신주쿠 '베르크'의 달걀밥. 여기에 하코네 유모토에 있는 '무라카미지로쇼텐村上二郎商店'의 저염 우메보시 우메타라코를 손으로 찢어서 먹고 먹고 또 먹는다. 우메타라코에는 타라코(명란젓)는 전혀 들어 있지 않고, 고추 양념을 한 우메보시다. 매콤해서 달걀밥에 어울린다.

생각할수록 음식이 자꾸자꾸 떠오른다. 하지만 죽음에서는 자꾸자꾸 멀어져가는 기분이다. 맛있는 음식은 역시 기력과 건강의 원천인 모양이다.

일단 한잔, 안주는 이걸로 하시죠

펴낸날 초판 1쇄 2019년 10월 10일

지은이 구스미 마사유키
옮긴이 박정임
그린이 최진영
펴낸이 심만수
펴낸곳 (주)살림출판사
출판등록 1989년 11월 1일 제9-210호

주소 경기도 파주시 광인사길 30
전화 031-955-1350 팩스 031-624-1356
홈페이지 http://www.sallimbooks.com
이메일 book@sallimbooks.com

ISBN 978-89-522-4061-3 03830

※ 값은 뒤표지에 있습니다.
※ 잘못 만들어진 책은 구입하신 서점에서 바꾸어 드립니다.

이 도서의 국립중앙도서관 출판시도서목록(CIP)은 서지정보유통지원시스템 홈페이지(http://seoji.nl.go.kr)와 국가자료공동목록시스템(http://www.nl.go.kr/kolisnet)에서 이용하실 수 있습니다.(CIP제어번호: CIP2019027729)

책임편집 · 교정교열 한나래